目次

将軍の宴《うたげ》——公家武者信平《のぶひら》ことはじめ（九）

第一話　鉄の証文

一

「火事だ！　誰か！」

陸奥屋《むつや》のあるじ恒七郎《つねしちろう》は、奉公人の大声で目をさました。

隣で寝ていた妻も目をさまし、恒七郎の腕にしがみ付いて不安の声をあげた。

「落ち着け。外へ出よう」

行灯《あんどん》の小さな明かりを頼りに部屋を出ると、雨戸を閉めている廊下は煙が充満していた。

恒七郎が雨戸を開け、妻の手を引いて庭に出た。

奉公人たちが大声を出し合い、必死に火を消そうとしている。台所から出た火が、天井《てんじょう》に達しようとしているのだ。

「鴨居《かもい》に火がついたらおしまいだ。下じゃなく上から水をかけろ！」

番頭《ばんとう》が叫び、奉公人たちが井戸の水を汲《く》んで火を消そうとしている中に、恒七郎も加わった。

襖《ふすま》や障子《しょうじ》に水をかけ、火が回らないようにしたのだが、大事な店は燃えている。だめかとあきらめかけた時、外で町の者たちの声がした。

「もっと水を集めろ！」

「大丈夫だ。この程度なら消える！」

駆け付けた近所の者たちが、助けに来てくれたのだ。

勇気ある若者が表の戸を蹴破り、次々と水がかけられてゆく。また、裏から入った男たちは、台所から上がっていた火の手に水をかけ、奥に回らないよう襖や障子を外して裏庭に投げた。

おかげで火事は、台所と店を焼いただけで消すことができ、隣家に延焼せずにすんだ。

三年前の大火事が町の人々の記憶に刻まれているだけに、外は大騒ぎになっている。

恒七郎は、奉公人たちと外に出て、助けてくれた町の衆に頭を下げてあやまった。中には、火を出したことを責める者もいる。当然だ。この日は、年末に向けて防火に力を入れようと、寄合《よりあい》で話したばかりだったからだ。

町役人《ちょうやくにん》や岡《おか》っ引《ぴ》きの親分が駆け付けて、騒ぎはなんとか収まったのだが、恒七郎は、きついお咎《とが》めを覚悟した。

翌日、南町奉行所に呼び出された恒七郎は、吟味《ぎんみ》与力から事情を訊《き》かれ、出火の原因を追及された。

火元は台所の横にある年老いた下女の部屋で、洗濯物の襦袢《じゅばん》を乾かそうとして火鉢《ひばち》を下に置いていたところへ落ち、火がついたのだ。大火にならずにすんだとはいえ、不用心で火を出したことは許されぬ。

与力からきつく言われた恒七郎は、その後、南町奉行からもお叱りを受け、十日の戸《と》〆《じめ》を申しつけられた。

厳しい罰を覚悟していた恒七郎は、助かった、と胸の中でほっとしつつ、

「もう二度と火を出さないよう、気をつけます」

奉行に頭を下げて誓った。

十日間の戸〆の罰だけですみ、その日のうちに家に帰ることができたのは、ひと月

前に恒七郎の父親が不慮の事故で他界したばかりだったことと、その父親が生前に、町奉行所に送っていた付け届けが功を奏したのだ。

「おとっつぁんのおかげだ」

家に戻った恒七郎は、真っ先に仏壇に手を合わせて、礼を言った。そして、命がけで火を消してくれた町の衆に改めて頭を下げて回り、少額だが、礼金を渡した。

日本橋《にほんばし》で三代続く乾物屋《かんぶつや》だけに、恒七郎が跡を継いだ陸奥屋には常連が多く、

「早く店を再開してくれないと、困りますよ」

行く先々で励まされた。

番頭と隣近所を回った恒七郎は、店に帰ると、後片づけをしている奉公人たちを集めて、温かい声をいただいたことを教えて勇気付けた。

火を出してしまった下女が、泣きながらあやまった。

先代の時から奉公し、恒七郎も世話になっていただけに、寒さで身体を悪くせぬよう火鉢を許したのは三日前だ。

忙しい時期に遅くまで働き、自分の洗濯物にまで手が回らなかった下女を叱る気になれない恒七郎は、次からは火鉢で乾かさないよう、火の扱いだけは厳しく言いつけて立たせた。老いて小さくなった下女の背中をさすってやりながら、皆に顔を向け

る。

「待っていてくださるお客さんのためにも、一日でも早く店を再開するよ。番頭さん、わたしは明日から十日ほど謹慎《きんしん》になるが、お前たちはお咎めなしだ。一日でも早く店を再開するためにも、師走《しわす》の集金は、しっかり頼むよ」

「分かりました」

番頭の伊助《いすけ》が、手代《てだい》に集金の指示を与えて、得意先に向かわせた。

奥の部屋に入った恒七郎は、妻のおしまが淹《い》れてくれた茶をすすり、一息ついた。

「さて、どうしたものか」

ため息まじりに、今後のことを考えていると、おしまがうかがうような顔で、どうしたのかと訊く。

「焼けた店を、どのように再建しようかと思ってね。三年前、大火のあとに急いで建てた店だから、手狭だっただろう。これを機に、以前のように大きくしようかと思うんだが」

「それは良《い》いですね。お父様も、常々おっしゃっていましたから」

「うん。あれを使う時は、今だな」

恒七郎は、おしまに手燭《てしょく》を持たせて蔵に入り、地下室から手箱を取り出した。蓋《ふた》を開け、布に包まれた鉄の板を出すと、手燭の明かりを近づけて、刻まれた文字を読んだ。

火事に備えて、金五百両を預けていることを示す証文だ。大火のあと、父親が人にすすめられて、家にある金を分散させて保管していたのだ。

陸奥屋は、明暦《めいれき》の大火の時、蔵に置いていた千両を火事場泥棒に持って行かれるという被害に遭《あ》っている。

母屋《おもや》に置いていた金は熱で溶けて使い物にならず、広尾《ひろお》の別宅に置いていた僅《わず》かな金を元手に、なんとか店を再建していた。父親は、同じことを繰り返さぬために、人にすすめられた話に乗り、金貸しの吹田屋惣右衛門《ふきたやそうえもん》に、金を預けていたのだ。

恒七郎が持っているのは、火事でも証《あかし》を失わないように作られた、鉄の板に文字が刻まれた証文だ。しみじみと見つめて、おしまに言う。

「再建には、蔵にある金だけじゃ足りない。この五百両を足せば、店を大きくできる」

おしまは真顔でうなずいた。

「お父様に、感謝しなければいけませんよ」

「ああ、分かっているとも」

恒七郎は鉄の証文を拝むように持ち上げ、手箱に入れて地下室に戻した。

外には一歩も出ず、日々店の片づけに追われているうちに、十日が過ぎた。

「長いと思っていたが、あっという間に終わったね」

恒七郎は店の者たちにそう告げた。

晴れて戸〆が解けた翌日、恒七郎はさっそく、預けた金を受け取りに行くことにした。

朝は集金の指図で手を取られてしまい、手代を連れて出かけたのは、昼をとうに過ぎた頃だったが、

「暗くなるまでには戻る」

見送るおしまに明るく告げた恒七郎は、桜田備前町《さくらだびぜんちょう》へ向かった。

師走の町はにぎやかで、道ゆく人は、忙しく歩んでいる。

その人々を見ながら足を止めた恒七郎は、軒《のき》を並べる店の様子に、ため息をついた。

「どの店も、今が稼ぎ時だな。火事にならなければ、今頃うちの店も、押しかけた客で大忙しだったろうなぁ」

「まったくでございますね」

遠慮がちに言う手代の顔には、片づけの疲れが出ている。

今さら言ってもどうにもならぬか、と自分を納得させた恒七郎は、歩みを進めた。

桜田備前町も、正月の買い物客が多く、どの店も繁盛していた。その中で、丸に金と書いた品《ひん》のない看板を掲げた店が、吹田屋だ。

金も預かるが、貸すほうが儲《もう》かるという吹田屋の蔵には、万両の金が唸《うな》っているという噂《うわさ》がある。

しかし、家が軒を連ねる桜田備前町の店に蔵はなく、吹田屋の金蔵は、火事には縁のない田舎《いなか》の屋敷に建てられ、多数の用心棒が守っているといわれている。

恒七郎が吹田屋の前まで行くと、みすぼらしい形《なり》をした中年の男が出てきた。

博打《ばくち》で身を落としたのか、一両の小判を大事そうに懐《ふところ》に入れ、

「今度こそ、倍にして返してやる」

そうつぶやきながら、立ち去った。

馬鹿な男だと軽蔑《けいべつ》の眼差《まなざ》しを向けた恒七郎は、襟《えり》を正して、暖簾《のれん》を潜《くぐ》った。

「ごめんください」

声に応じて、帳場にいる人相の悪い男がじろりと睨《にら》んだ。

初めてこの店を訪れた恒七郎は、男の顔つきに威圧されながらも、

「日本橋の陸奥屋ですが、惣右衛門さんはおられますか」

努《つと》めて冷静に言った。

すると、睨むような顔をしていた男が、莞爾《かんじ》とした笑みを浮かべた。

揉《も》み手《で》をして歩み寄り、

「旦那様でございますね。少々お待ちを」

そう言うと、奥へ入ったのだが、番頭と思《おぼ》しきその男の笑顔は別人のように優しく、恒七郎を安心させた。

炭火とするめと酒の匂いがまじり、店に漂っている。酒を飲まない恒七郎は、不快に思い顔を歪《ゆが》め、袖で鼻を隠した。

程なく奥の襖が開け閉めされる音がして、人が出てきた。

番頭の後ろに続いて恰幅《かっぷく》のいい中年男が現れ、

「お待たせしました。あるじの、惣右衛門でございます」

若い恒七郎に対し、丁寧《ていねい》な姿勢で対応した。

「今日は、預けたお金を受け取りに来ました」

恒七郎が来店したわけを話すと、惣右衛門が笑顔で応じる。

「かしこまりました。詳しいお話は奥でうかがいますので、どうぞ。番頭さん、お茶をお出ししておくれ」

ささ、奥へ、と、惣右衛門は恒七郎を奥へ促した。

手代を表に残し、恒七郎は草履《ぞうり》を脱いで上がり框《かまち》を踏み、座敷に上がった。ふと、番頭が座っていた帳場に目を向けると、火鉢の横に、空のちろりが転がっているのが目にとまった。

まっとうな商売をしているのかと不安になりながらも、恒七郎は奥の客間へ入った。

惣右衛門が上座を促すので綿入りの茵《しとね》に座り、恒七郎はさっそく、鉄の証文を渡した。

「先日店が焼けてしまい、急いで再建したいのです。預けた五百両を、今日持って帰りたいのですが」

「なるほど……」

目を細めて証文を見ていた惣右衛門が、上目遣いに見てきた。

「確かに陸奥屋さんから五百両預かっていますが、この証文では、お戻しすることはできませんよ」

「なんだって？　どういうことだ」

「この証文には、先代の千七郎《せんしちろう》様の名前しか刻まれておりませんので、恒七郎さん、あなたでは、受け取りできません」

真顔で言う惣右衛門に、恒七郎は愕然《がくぜん》とした。

「父は、先月亡くなったのだ。その父の跡を継いだわたしには、すべての権利があるはずだ」

「それは、お宅様のこと。しかし、これは通用しません」

「どうしてだ。わたしは跡を継いだのだぞ」

「そうおっしゃいましても、この証文に記された名前の人にしかお金を渡さないのが決まりなのです。このことは、千七郎様も承諾されておられましたが」

「馬鹿な。わたしは息子だぞ。預けた金を受け取れるはずだ！　金を返せ！」

「妙な言いがかりはおやめください。記された名前の人が亡くなられたら、この証文はただの鉄の板。なんの意味もなくなるのです」

「それでは、盗《ぬす》っ人《と》も同然じゃないか！」

「よしてください。恒七郎さん、恨むなら手前じゃなく、証文に名前を刻まなかった先代のほうですよ」

番頭が障子を開けて茶を持って入ると、惣右衛門が言った。

「番頭さん、お客様はお帰りです」

「はい」

応じた番頭が、恒七郎に頭を下げ、入り口で片膝《かたひざ》をついて待った。これ以上文句は言わせぬというように、鋭い顔つきで見ている。

膝の上で拳《こぶし》を作った恒七郎は、怒りに震えてにぎり締めた。

「こんないかさまがあるか。奉行所に訴えてやる！」

怒鳴りつけたが、

「それはあなた様のご自由ですが、こちらには証文があるのだから、どうにもなりませんよ」

惣右衛門はそう言って、あしらうように、鼻で笑った。

「馬鹿にするな。わたしは陸奥屋のあるじだぞ。必ず訴えて、お前を牢屋《ろうや》に送ってやるからな！」

恒七郎が大声で言い、部屋から出ると、惣右衛門の顔つきが変わった。

「お待ちください」

呼び止められて、恒七郎が振り向くと、惣右衛門が仕方なさそうに言う。

「分かりました。手前どもも、面倒なことは避けたい。次もご利用していただきとうございますので、今回だけ、お渡ししましょう。利息はお付けできませんが、それで、よろしいでしょうか」

恒七郎は襟を正した。

「返してもらえるなら、文句はない」

惣右衛門は微笑《ほほえ》む。

「防火と防犯のために別の場所に保管しておりますので、ご足労願いますが」

「分かった」

「番頭さん。ご案内して」

「かしこまりました。では、まいりましょう」

恒七郎は、番頭に案内されて表に行き、手代と共に店を出た。

「おい」

見送った惣右衛門が呼ぶと、襖が開き、三人の浪人が出てきた。

惣右衛門が、やれ、という目顔で顎《あご》を振ると、浪人たちは応じて、あとを追う。

恒七郎が番頭に連れて行かれたのは、白金村《しろかねむら》だ。竹藪《たけやぶ》と松の木のあいだの道を行くと、土塀で囲まれた屋敷がひっそりと建っていた。

「人様から預かったお金は、大火でも延焼しない場所に置いているのですよ。さ、中へどうぞ」

番頭に促されて、浪人が守る門から中に入った。

名の知れた吹田屋が建てただけあり、屋敷はまるで、武家屋敷のような門構えで、土塀も高い。屋敷自体も大きく、奉公人も大勢いるのだが、腰に刀を帯びた警固《けいご》の者がほとんどのように思えた。

その者たちの、警戒の眼差しを浴びながら廊下を歩み、通された客間で待っていると、金蔵から戻った番頭が、重そうに持っていた箱を置いた。

「お確かめを」

差し出された箱には、二十五両の包金《つつみきん》が二十個入っている。

「確かに、受け取りました」

「では、払い戻しの証文に名前を」

言われるまま、恒七郎は紙の証文に筆を走らせた。

名前を確かめた番頭は、証文を畳むと、頭を下げた。

「わたしは少し仕事をしますので、こちらで失礼します。どうぞ、お気をつけてお帰りください。駕籠《かご》をお呼びしましょうか。少々お待ちいただきますが」

恒七郎は、歩いたほうが早いと思った。

「いや、結構ですよ。歩きますから」

「さようでございますか。では、またのご利用をお待ちしております」

改めて頭を下げる番頭に応じた恒七郎は、重い小判を葛籠《つづら》に入れて背負う手代を連れて屋敷を出た。

白金村は、もうすぐ日が暮れそうだった。

「こんな田舎に連れて来るなんて……」

恒七郎は不平を言うと、新堀川《しんぼりがわ》沿いの道を急いだ。

日本橋までは、急げば一刻もかからないが、川下に見えていた増上寺《ぞうじょうじ》の屋根が、薄暗くなるに連れて見えなくなってきた。代わりに、赤羽橋《あかばねばし》の袂《たもと》にある辻番《つじばん》の明かりが目立つようになり、恒七郎は、その明かりを目指して歩んでいた。

左は川、右は大名屋敷の土塀が続く道に差しかかった時、前から三人連れの浪人が歩んできた。

恒七郎は、後ろを歩む手代を促して、道を開けるべく大名家の土塀側に寄った。

浪人は談笑していた。軽く頭を下げる恒七郎と手代を気にする様子もなく、そのまま通り過ぎるものとばかり思っていた。だが、浪人の一人がいきなり抜刀し、手代を袈裟《けさ》斬りにした。

呻《うめ》いて倒れた手代は、うつ伏せになったままぴくりとも動かない。

いきなりの出来事に絶句した恒七郎は、恐怖に声が出せぬまま逃げようとしたのだが、前を塞《ふさ》いだ浪人が一閃《いっせん》した刀で喉《のど》を斬られ、悲鳴すらあげられず倒れた。

あたりを見回した浪人たちは、迷うことなく金が入った葛籠に手を伸ばして奪うと、人気《ひとけ》のない道を選んで逃げ去った。

二

五味正三《ごみしょうぞう》は、北町奉行所の同心詰め所で書き物をしていた時に、陸奥屋恒七郎が殺されたことを知った。

見回りから戻った仲間の同心が言うには、一太刀で斬り殺されていて、月番の南町奉行所は、物取りの仕業《しわざ》と決めつけているらしい。

「たいした探索はしないだろうな。南の連中は」

同心の一人が言うと、他の者も賛同の声をあげる。

南の連中というが、北町でも、神出鬼没《しんしゅつきぼつ》な物取りの下手人《げしゅにん》を捕まえることは少ないのだ。続いて起きれば別だが、物取りの仕業として決められた事件は、ほとんどがろくな探索もされずに、そのまま放っておかれることが多い。

黙って話を聞いていた五味は、筆を止めて顔を上げ、眉をひそめた。

「陸奥屋といえば、先月先代を亡くし、火事になったばかりじゃないか。気の毒なことだなぁ」

先代千七郎は、倒れてきた材木の下敷きになり、命を落としていたのだ。その時月番だった北町奉行所では、事件性はなく、事故として落着させている。

五味は、父親を亡くして悲しんでいた息子夫婦を見ていただけに、一人残された新妻が心配になった。

「ちょいと、様子を見て来る」

同心仲間にそう告げて詰め所を出ると、非番月で閉められている正門の横の潜り戸から表に出て、日本橋へ足を向けた。

火事を出したばかりの陸奥屋は、焼けた店の表を板で囲み、にぎわう通りの中で、ひっそりとしていた。路地に入って裏に回ると、木戸の前に人が集まり、一人の男が戸の隙間から覗《のぞ》いて中の様子を探っていた。

五味は駆け寄り、声をかけた。

「どうした。お前たち何をしている」

五十がらみの男が同心の五味を見て、心配そうな顔で告げる。

「八丁堀《はっちょうぼり》の旦那、ご苦労さまに存じます。手前どもは怪しい者ではなく、親戚でございます」

「その親戚の者が、ここで何をしているのだ」

「恒七郎の弔問《ちょうもん》にまいったのですが、中に入れないのです」

「誰もいないはずはないだろう」

「それが、声をかけたのですが、誰も出てきません」

「奉公人たちもいないのか？」

「はい」

「そいつは妙だな」五味が木戸を押したが、開かなかった。「中から閂《かんぬき》がかけられているな。誰かいるはずだぞ」

五味は大声で、北町の五味だ、開けろ、と声をかけてみた。しかし、戸を開ける気配はなかった。

十手《じって》を抜いた五味は、若い男を手招きした。

「中を見る。背中を貸せ」

「へ？」

「背中だ。ここへ四つん這《ば》いになれ」

「あ、はい」

若い男がすぐさま応じる。

五味が着物の裾《すそ》を端折《はしょ》り、草履を脱いで背中に乗ろうとした時、路地に若い男が現れ、五味に頭を下げた。

「あのう、どうかされたのですか」

「店の者か」

「はい。手代でございます」

五味は背中に乗るのをやめた。

「中から閉められているが、呼んでも返答がない。誰もいないのか」

「いえ、女将《おかみ》さんがおられます」

「他の者は」

「もうすぐ戻ると思います」

「恒七郎は、帰っているのか」

「はい。手代の田助《たすけ》も一緒に運ばれてきましたので、たった今、親元に戻してきたばかりです」

「話は聞いている。気の毒なことだった」

「はい」

番頭をはじめ、奉公人たちは、恒七郎と共に殺された田助を皆で親元に届け、弔《とむら》いをしていたという。

五味は舌打ちをした。

「女将を一人にしたのか」

「店のみんなで、田助を弔ってやってくれと女将さんがおっしゃいましたものですから」

手代は声を詰まらせ、目を袖で拭った。

五味は妙な胸騒ぎがして、親戚の者に問う。

「他の出入り口も開いていないのか」

「はい。どこも開きません」

「しょうがない」

五味は木戸を蹴破り、中に駆け込んだ。雨戸が閉《た》てられているのを見て焦《あせ》った。

「女将！　どこだ、女将！」

庭を走り、雨戸を開けて廊下に上がった。

廊下には線香の香りが漂い、薄暗い中で、一室の障子から明かりが漏れている。五味がその障子を開けると、今まさに、女将のおしまが鴨居に掛けた帯で首を吊《つ》ろうとしているではないか。

「やっ！」

五味はおしまに飛び付き、抱え上げた。

「離してください！　離して！」

抵抗するおしまを帯から引き離し、もつれるように倒れた。上になったおしまが、咄嗟《とっさ》に五味の脇差《わきざし》を抜き、自らの首を突こうとした。

「馬鹿なことをするんじゃない！」

腕をつかんで止めた五味が怒鳴り、脇差を取り戻すと、おしまはうずくまって号泣した。

駆け込んだ手代が鴨居の帯を見て驚き、結び目を解《ほど》いて外《はず》した。

遅れて戻った番頭が、おしまが首を吊ろうとしたのを聞いて、手代を先に帰したのは正解だったと、膝をついて安堵《あんど》した。

五味は、おしまの肩をつかみ、顔を上げさせた。

「お前さんが死んで、恒七郎が喜ぶと思っているのか。そばに行きたい気持ちは分かるが、仏さんを悲しませたらだめじゃないか」

おしまは泣きながら訴える。

「旦那様がいないこの世で生きて行く自信なんて、ありはしません」

「お前さんには、みんなが付いているではないか。共に励んで、店を再開させろ。そしたら、千七郎も恒七郎も喜ぶ。みんなも、そう思うだろう」

「そうですとも。女将さん、ここで負けてはいけません。店を再開させましょう」

番頭が言い、奉公人たちがおしまを囲み、必死に励ました。

親戚の者たちは、できるだけのことは協力すると言い、今は、恒七郎を弔うことに気を向けるよう、おしまに言い聞かせた。

おしまはやっと気持ちが落ち着いたらしく、表情が柔らかくなり、顔色も戻った。

「もう馬鹿な真似《まね》はしないな」

五味が念押しすると、おしまは大粒の涙を流してうなずいた。

安堵した五味は、番頭の肩をたたき、庭に誘い出した。おしまの耳に届かぬように問う。

「物取りに襲われたと聞いているが、恒七郎はどこに行った帰りだったのだ」

「桜田備前町の、吹田屋です」

「吹田屋？　金貸しの吹田屋か」

「はい」

「店の再建費でも借りに行ったのか」

「いえ、預けていた金を受け取りに行かれたのです」

「詳しく教えてくれ」

金貸しに金を預けることを不思議に思った五味が訊くと、番頭は話した。

吹田屋が、火事に備えて金を預かる商売をしているのを初めて知った五味は、

「うさんくさい話だな」

同心としての嗅覚《きゆうかく》が働き、目つきを鋭くした。

金を受け取ったその日に殺されたとなると、どうにも怪しい。

南町のかかりだが、五味は、調べずにはいられなくなり、吹田屋に行くことにした。

「女将のことを、よく見ていなさい。恒七郎を殺した下手人は、このおれが捕まえてやる。そう言ってくれ」

番頭が承知すると、五味は木戸から路地へ歩み出た。

日本橋の表通りに出ると、混み合う道を急いだ。京橋《きようばし》を越えて、芝口橋《しばぐちばし》を渡って袂

を右に曲がると、蔵と町家のあいだの道を歩んだ。

蔵に荷物を出し入れする人足たちが、威勢のいい声をかけて忙しく働いている。米俵を山積みにした荷車とぶつかりそうになり、

「気をつけろい！」

怒鳴った人足が、五味が同心だと気付いて慌《あわ》てて頭を下げた。

桜田備前町の通りに吹田屋の看板を見つけた五味は、暖簾を分けて入った。

「あるじはいるか」

名も告げず声をかけると、帳場にいた男が首を伸ばし、同心の五味を見ていそいそと出てきた。

「ご苦労さまでございます。どちらの旦那でいらっしゃいますか」

揉み手をして、上目遣いに訊く番頭に、五味は笑みを浮かべた。

「北町奉行所の五味だ。ちと、聞きたいことがある」

「お役目でございますか」

怪しむ番頭に、五味は手をひらひらとやって見せた。

「そうではない。今日はな、金の相談だ」

小声で言うと、金を借りに来たと思ったらしく、番頭が態度を変えた。

「かしこまりました。少々、お待ちを」

胸を張って見くだすように言うと、奥へ行き、あるじを呼んだ。

程なく現れた男が、五味の前に膝を揃《そろ》えて座ると、見定めるような目を向ける。

「お待たせしました。あるじの惣右衛門でございます」

「うむ」

「五味様、いかほどおいりようでございますか」

「金を借りに来たのではない。火事に備えて金を預かる商売をしていると聞いたが、間違いないか」

「はい。ですが、あいにく手前どもは、小口は受けておりません」

「ほう、貧乏人の同心は、相手にしないか」

「百両からというのが、手前どもの決まりでございますので。そのかわり、お預かりしたお金は、必ずお守りいたします」

「そんな金はない」

五味がおかめ顔を近づけると、惣右衛門がのけ反った。

「な、なんですか」

「陸奥屋のことは、知っているのか」

「はい。まったく、気の毒なことで」

「ここへ来た帰りに襲われたと聞いたが、金はいくら戻したんだ」

「五百両です」

「五百両も持っていたのに、夜道を歩いて帰ったのか」

「番頭が申しますには、駕籠をお呼びしようとしたのですが、断られたそうで」

「ほんとうだろうな」

五味が目を見ると、惣右衛門が不快そうな面持ちで問う。

「それは、どういう意味でしょうか」

「物取りに見せかけて殺されたのじゃないかと言う者がいるのだ。変わった様子はなかったか」

惣右衛門は、目をつむって考える顔をした。

「陸奥屋さんとは、先代からお付き合いをさせていただいていますが、人から恨まれるような人じゃありませんよ」

「お前はどうなのだ」

五味は鎌《かま》をかけて顔色をうかがったが、惣右衛門は笑った。

「ご冗談を」

五味は、その態度が気に入らなかった。

「預かっていた金は、確かに返したんだな」

疑いを向けると、惣右衛門が鋭い目で応じる。

「手前どもは、名のある大店《おおだな》の信用をいただき、千両万両を預かっているのですよ。たかが五百両で、人殺しなどしやしません。忙しいので、お引き取りください」

「まあそう怒るな。疑うのが同心の役目だ。気を悪くしたのならあやまる」

「分かっていただければ、文句はございません。では」

頭を下げて立ち上がる惣右衛門に、

「もうひとつだけ訊かせてくれ」

五味がしつこく言うと、ため息をついて座りなおした。

「なんでしょう」

「金を返したという証があるなら、見せてくれないか」

「ございますとも。番頭さん、陸奥屋さんの証文をお見せしなさい」

惣右衛門に言われて、番頭が証文を出してきた。確かに、受け取りの証文に恒七郎の名前が書いてある。

五味は腕組みをして、うぅんと唸った。

惣右衛門が心配そうに問う。

「どうされました」

「やはり、物取りの仕業か」

「まったく、物騒《ぶっそう》なことです」

五味は惣右衛門をじっと見つめた。脂ぎった顔には、言葉とは反対に余裕の色が濃い。

「賊は、恒七郎がここを出るのをどこかで見ていて、我欲のままに懐を狙ったか。あるいは、大金を持っていることを知っていて襲ったか。どっちだと思う」

「はて……」

五味は、目をそらした惣右衛門のこころの動きを逃さず、追及しようとした。ところが、店の奥の部屋から現れた人物が、それを許さなかった。

五味の前に現れたのは、南町奉行所与力の、壁谷久繁《へきやひさしげ》だった。

壁谷は、憤懣《ふんまん》やるかたない様子で現れるや、声を荒らげた。

「貴様、先ほどから聞いておれば、吹田屋を疑《うたご》うておるのか」

「いや、そのつもりは――」

「黙れ！　そもそも、北町の者が何ゆえ探索をしておるのだ。貴様、誰の命《めい》でここへ来た！」

「これは探索ではなく、知り合いだった恒七郎がどうして殺されたのか、気になったのです。南町のすることに口出しする気は毛頭《もうとう》ございませんので、ご安心を」

「陸奥屋恒七郎は、物取りに殺されたのだ。南町の総力を挙げて下手人を捜しておるゆえ、余計な口出しは無用だ。わしはまだ吹田屋に訊くことがある。早々に立ち去れい」

「ああ、お調べの途中でしたか。これはどうも、ご無礼をいたしました」

五味は頭を下げ、逃げるように吹田屋から出た。

小走りで遠ざかり、茶道具屋の横の路地に入ると、柱の陰から吹田屋の様子をうかがった。

「どうも、怪しいなぁ」

腕組みをして独りごちてみたものの、これ以上首を突っ込むと、南町から苦情が出る。

壁谷が怒鳴っている後ろでほくそ笑んでいた惣右衛門を思い出した五味は、顔をしかめた。

「ここはひとつ、あのお方に相談してみるか」

丸に金と書いた看板を睨んだ五味は、路地から表通りに出ると、赤坂《あかさか》に足を向けた。

三

鷹司《たかつかさ》松平信平《まつだいらのぶひら》の屋敷に到着した五味は、門番の八平《やへい》にご苦労さんと声をかけて、手土産《てみやげ》の串団子《くしだんご》を渡した。

「これはどうも、ありがとうございます」

「信平殿はおられるか」

「はい。しかし、今は取り込み中ではないかと」

「うむ？　何かあったのか。奥方様と喧嘩《けんか》でもしたか」

五味がにやけて訊いていると、開けられていた門の奥から、葉山善衛門《はやまぜんえもん》と初老の男が出てきた。

黒塗りの笠《かさ》を持ち、黒皮の袖なし羽織《はおり》を着けた初老の男は、見送りに出た善衛門に振り向き、

「では、確かに届けましたこと、殿にお伝えいたします」

そう言うと頭を下げて、帰っていった。

門の外にいる五味に気付いていない善衛門は、客の背中を見送ると、背を返して中に入ろうとした。そこで五味に気付き、

「なんじゃ。おぬし来ておったのか。味噌汁《みそしる》ならないぞ」

不機嫌に言うと中に入ったので、あとを追った。

「ご隠居、取り込み中と聞きましたが、どうされたので？」

すると善衛門が立ち止まり、振り向いた。

「今の御仁《ごじん》は、紀州《きしゅう》様の使いの者だ。殿に、秘薬を届けにまいられた」

「秘薬？」

「さよう」

「まさか、奥方様の具合が悪いのですか」

「そうではない。殿に届けたと申したではないか」

声を潜《ひそ》めて教えた善衛門が、にやりとした。

何かたくらんでいると察した五味は、出なおすことにして帰ろうとしたが、腕をつかまれた。

「用があってまいったのであろう。ささ、中に入れ」

「ご隠居、何をするおつもりで？」

「いいから、入れ」

腕を引っ張られた五味は、信平がいる表の部屋ではなく、善衛門の部屋に連れて行かれた。そこで、善衛門はなめし皮の蓋がされた小さな壺《つぼ》を出してくると、五味の前に置いた。

「見るからに怪しげですが、これは何です？」

「先ほどのご使者が届けた物だ。おぬし、顔色がようないのう。日々の役目で疲れておるな」

「いいえ、今は非番月ですので、さほどでも」

「疲れておろう！」

責めるように言われて、五味は、はいと答えた。

「そうか、よしよし。ではな、これを飲ませてしんぜよう。紀州様から頂戴《ちょうだい》した秘薬だ。身体《からだ》の底から力が湧いて出る代物《しろもの》ゆえ、ありがたくいただくがよいぞ」

善衛門は壺の蓋を取った。

強烈な獣臭に襲われて、善衛門と五味は咳《せ》き込む。

羽織の袖をひらひらとやった五味は、

「ご隠居、これは何の匂いです。こんな物が、ほんとうに薬なのですか」

顔をしかめ、膝を転じて拒《こば》んだ。

「大丈夫じゃ」

善衛門はそう言ったが、たまらず嘔吐《おうと》しかけた。

手で口を押さえながら壺を差し出された五味は、恐る恐る受け取り、中を覗いた。

黒っぽい粉が入っているようだが、匂いが我慢できず壺を遠ざけた。

「何をしておる。早《はよ》う飲まぬか。ひとさじで元気になる、ありがたい薬だぞ」

「それなら、ご隠居が飲んでくださいよ。歳《とし》なんだから」

「たわけ、わしなど、もう用はないわい」

「はあ？」

「いや、とにかく、試してみよ。紀州様の贈り物など、めったに口にできるものではないぞ」

「ははん、信平殿に飲ませる前に、おれで試すつもりですね」

「分かっておるではないか。いつも殿の世話になっておるのだ。こういう時に役に立たずしていつ恩を返す。さ、飲め」

さじを渡された五味は、仕方なく壺からすくった。

どす黒い粉は、湿り気がある。

五味は鼻をつまんで口に入れると、あまりの生臭さに吐き出しかけたが、差し出された水で喉に流した。

「うえぇ。臭《く》っさ！」

涙目になり、舌を出して顔をしかめている。

「妙薬口になんとかと申すであろう。これは、取っておけ」

機嫌よく言う善衛門が、五両を載せた紙を、五味の膝下に置いた。

思わぬ褒美《ほうび》に五味が目を見張る。

「こんなに！」

「きっと、必要になろうからな。取っておけ。効き目を、わしにこっそり教えるのだぞ」

善衛門が意味ありげな顔で言い、肩をたたいた。

「そういえばおぬし、何か用があったのではないのか」

言われて、五味は思い出した。

「そうです。信平殿に相談があって来たのです。おられますか」

すると善衛門が、険《けわ》しい顔をした。

「面倒事か」

「分かりません。ただ、臭《にお》うのです。よからぬことが起きていると思うのですが、おれの力では、探索がどうにも難しく」

「民が苦しんでおるなら、殿も力になってくださろう。部屋におられるゆえ、まいろうか」

「はい」

「待て。薬を飲んだことは、殿には内緒だぞ」

効き目が分かってから教えるというので、五味は承知した。


信平は、狐丸《きつねまる》の手入れをしていた。

懐紙《かいし》を口に挟み、鏡のように美しい刀身を立てて眺《なが》めている。

正面に座っている五味から陸奥屋の話を聞いた信平は、狐丸を鞘《さや》に納め、懐紙を取って穏やかな目を上げた。

「つまり、吹田屋とやらが、陸奥屋を殺したと疑っているのか」

五味がうなずいた。

「しかし、調べようにも、南町のかかりなので手が出せぬのですよ」

「それで、殿に頼みにまいったのか」

善衛門が口を挟むと、五味は顔を向けた。

「信平殿なら、南町の連中は邪魔しないでしょうから」

「殿、いかがいたします」

「下手人が吹田屋でなくとも、南町が物取りの仕業にして探索せぬのなら、また襲われる者が出る。放ってはおけまい」

善衛門はうなずき、五味を見た。

「おぬしも動け。南町が何か言うてきたら、わしが話をつけてやる」

「そのお言葉を待っていました」

五味は喜んで立ち上がった。

「信平殿、探索はおれがします。何か分かりましたらすぐ知らせますから、その時は手を貸してください」

「よいのか」

「いいですとも。ではまた来ます」

辞そうとした時、廊下にお初《はつ》が現れ、お茶をどうぞと言って、五味の前に置いた。

味噌汁でないのに少々がっかりしていると、善衛門が着物の裾を引っ張った。

「せっかく淹れてくれたのだ。飲んで行け」

「はあ……」

「無理に飲まなくてもいいのですよ」

お初が冷たく言うので、五味は慌てて座った。

「いただきます」

茶をすすり、饅頭《まんじゆう》を食べて旨《うま》いと言ったが、お初は無視をして、信平の茶を取り換えた。

五味は、お初を目で追った。そして、後ろ姿に見とれ、目が離せなくなっている。

今日はどうしたことか、と頭を振ったが、丸くて形のいい尻と、うなじに目がいってしまう。

信平の湯呑《ゆの》みを換えたお初が背を返したので、五味は慌てて目をそらした。

「五味……」

信平に呼ばれて、五味は目を戻した。途端に、お初が吹き出した。

「なんです？」

五味が訊くと、

「鼻から血が垂《た》れておる」

信平が言い、お初が懐紙を渡してくれた。

受け取る時に手が触れたものだから、五味の興奮は頂点に達し、

「ふんがぁ」

と声を出して、ひっくりかえった。口から泡まで吹き、気絶したのである。

てきめんな秘薬の効果だった。

善衛門は、思わず開けた口に手を当てて、

「若い者には、毒じゃ」

誰にも聞こえぬ声で言うと、信平をちらりと見た。


程なく、善衛門の部屋で目をさました五味は、ぼうっとして外を眺めていた。

「おお、気が付いたか」

部屋に入った善衛門が言うので、五味は不服そうな顔を向けた。

「まったく、妙な薬のせいで、とんだ恥をかいてしまいましたよ」

「そう怒るな。どうじゃ、気分は」

「今は、なんともないですが」

「さようか。血が落ち着いたようじゃな」

「はあ？」

「いや、なんでもない。独り言じゃ」

「ごめんくださいまし」

声がかかり、二人が裏庭に顔を向けると、入ってきた男が腰を折った。

頬被《ほおかむ》りですぐには分からなかったが、森屋《もりや》のあるじになった、風間《かざま》久幸《ひさゆき》だった。

いち早く気付いた善衛門が応じる。

「風間殿、野菜を届けにまいったのか」

「はい。台所に誰もおられませんので、こちらに声をかけさせていただきました」

相惚《あいぼ》れの静江《しずえ》と駆け落ちした風間は、剣を捨てて商人になり、この赤坂で八百屋《やおや》を開いている。商売は順調で、今では名字《みようじ》を捨てて森屋久幸と名乗っていた。

信平の屋敷へは、毎日出入りしているので、五味とも親しくなっていた。

「風間さん、儲かっているかね」

五味が訊くと、

「おかげさまで」

風間は笑顔で応じた。

五味もうなずき、

「さて、それじゃ、今度こそ帰りますよ、ご隠居」

そう言って立ち上がり、十手と大小を帯に差した。

善衛門が問う。

「真《ま》っ直《す》ぐ帰るのか」

「ちょいと吹田屋の様子を探るつもりです」

「直《じか》に行くのか」

「いえ、他にも吹田屋に金を預けている者がおりましょうから、桜田備前町の店に探りを入れてみますよ。では……」

五味は善衛門に頭を下げ、探索に向かった。

その背中を見送った風間が、善衛門に訊く。

「今、吹田屋と言われましたか」

「さよう。知っておるのか」

「ええ、店に来ましたので。何かあったのですか」

「うむ」

善衛門が、五味から聞いた話をそのまま教えると、風間は、表情を険しくした。

「なるほど、やはり、裏がありましたか」

「どういうことじゃ」

「わたしのところにも、金を預けないかと言ってきたのですが、悪い噂を耳にしましたので、断ろうかと思っていたところです」

「悪い噂とはなんだ」

風間は縁側に近づいた。

話を聞いた善衛門は、目を見張る。

「それは、まことか」

「騙《だま》された者は、何人かいるようです」

「ならば、五味に教えてやらねば」

「それはお待ちください。あくまで噂ですし、確たる証がございません」

「その証をつかませるのだ」

「ならば、わたしに考えが」

「あるのか」

「はい。信平様と、お話をさせてください」

「うむ。殿も五味に手を貸すつもりでおられる」

善衛門は、風間を連れて信平の元に急いだ。

四

風間が信平と話をしている頃、五味は、桜田備前町に行き、聞き込みをしていた。

どの店のあるじも、大火の時に大切な金を失っており、その教訓から、財産の半分を預けている者が多かった。

吹田屋ばかりではなく、両替屋など、金を扱う商いをしている他の者も財を預かる商売をしており、他には、江戸の火事に巻き込まれそうにない土地の庄屋《しょうや》に預ける者もいれば、誰も知らないどこかに埋めていると言う者もいた。

埋めているところを誰かに見られたら盗まれそうな話だが、武田《たけだ》信玄《しんげん》の埋蔵金《まいぞうきん》がどうのこうのと昔話をはじめて、誰にも見つからない場所に小判を埋めたなどと言い、楽しんでいるようだった。

この日、五味が訊いた八人からは、吹田屋の名前は出なかった。手広くやっていないのは、同じ土地から陸奥屋のような者が出れば、噂が広まると思っているからかもしれない。

もう少し足を延ばしてみようと思っていたところへ、北町の同心に腕をつかまれ、引き止められた。

「伊沢《いざわ》さん、何かあったので？」

「呑気《のんき》なことを言っておる場合ではないぞ五味。御奉行がお呼びだそうだ。すぐ帰れ」

「御奉行が？」

「お前、今まで何をしていた」

「それは、まあ、いろいろと」

「そのいろいろが、問題になっているのだ。急げ」

五味はしぶしぶ、奉行所に帰った。

詰め所に行かず、母屋に入ると、まずは、与力の詰め部屋に向かった。

「五味！　貴様どういうつもりだ！」

顔を見るなり怒鳴ったのは、与力の小田切《おだぎり》だった。その横にいる上役の出田《いでた》が、まずいぞ、という顔をしている。

「いったい、何ごとですか」

「貴様、分かっておらんのか」

「はあ？」

「南町から、苦情がきたのだ。御奉行がお待ちだ。来い！」

小田切に従った五味は、奉行の部屋に行った。

廊下に座ると、奉行の顔を一瞥《いちべつ》して、神妙に頭を下げた。

読み物をしていた村越長門守《むらこしながとのかみ》は、

「おお、来たか」

温厚な口調で言うと、顔を上げた。

「五味」

「はは」

「今日はもう帰ってよい。月番になるまで、出仕《しゅっし》を控えておれ。理由は、言わずとも分かっておるな」

「御奉行！」

「お前が民のために一所懸命なのは分かる。見上げたものじゃ。しかし、奉行所は北町だけではないことを忘れるな。南町の顔を潰《つぶ》すような真似をすれば、当然苦情が出る。身を置き換えて考えてみよ。お前の受け持つことにいちいち南町に口出しされては、おもしろうなかろう」

「はい」

「それと同じことだ。しばらく大人しゅうしておれ。よいな」

「しかし――」

「ええい、口答えをするな！」

小田切に言葉を切られ、五味は、膝の上で拳を作った。

壁谷の野郎――

こころの中で言い、奉行に聞こえぬように、舌打ちをした。吹田屋にいた与力が、文句を言ってきたのは間違いない。

温厚な村越は、いらぬ争いごとを嫌い、出仕差し止めを命じたのだ。

「よいか、月番までのあいだ、蟄居《ちっきょ》しておれ。分かったな！」

告げた小田切に、五味は不服な顔を向けた。

小田切が、なんだ、という顔で尻を浮かせたが、奉行が止めた。

「わしは、蟄居など申しつけてはおらぬぞ。出仕を控えるよう申しつけたのだ。十手を持たぬなら、外出をしてもかまわぬ」

「御奉行――」

甘いという小田切を制し、村越が言う。

「ただし、陸奥屋の件の探索は許さぬ。よいな、五味」

念を押されてしまっては、五味に抗《あらが》うことはできない。

「承知いたしました」

素直に受け入れると、十手を小田切に預け、奉行の前から辞した。

五味の背中を睨むようにしていた小田切が、奉行に膝を転じて言う。

「鷹司松平様と親しくしているのを鼻にかけ、図に乗っておるのです。もう少し厳しくしても良いのではないですか」

すると、村越は、聞き流すように薄《う》っすら笑みを浮かべた。

「鷹司松平様に倣《なら》い、民を想うのは良いことだ。付け届けばかり欲しがる者たちこそ蟄居させるべきだと、わしは思うがな」

じろりと目を向けられ、小田切は慌てて目をそらし、咳ばらいをした。

「むろん、肝《きも》に銘《めい》じております。大事な役目がございますので、下がらせていただきます」

頭を下げて逃げるように辞した小田切に、村越はふっと笑みをこぼし、頭を振った。

五味は、仲間の同心がいる詰め所に入る気になれず、潜り門から出ると、肩を怒らせて歩み、組屋敷へ帰った。

両親は他界し、兄弟もいない五味の組屋敷には、下男下女もいない。身の回りのことはみな自分でしている五味であるが、夕餉《ゆうげ》だけは、近くのめし屋ですませている。

しかしながら、今日は飯を食う気になれず、帰るなり大小を外して羽織を脱ぎ捨て、万年床《まんねんどこ》に大の字になった。

「南町め、ろくな探索もしないくせに」

天井を睨んで独りごちると、横を向いた。このまま眠れるはずもなく、跳ね起きた五味は、枕元に置いていた酒徳利《さかどつくり》の栓《せん》を抜き、がぶ飲みした。

空の徳利を転がすと寝転び、いやなことを忘れるために目をつむった。いつもなら、すぐ夢の中に入るのだが、今日はどうしたことか、目がぱっちりと冴《さ》えて眠れない。

なんだか、身体がむずむずして、夜着を丸めて抱きしめた五味は、それを落ち着きなく蹴り上げると、起き上がった。

「だめだ。いけねぇ」

この時にはもう、吹田屋のことなど忘れて、お初の形の良い尻が目に浮かんでいるのであった。

「ご隠居め、なんの薬を飲ましてくれたんだ」

孫を熱望する紀州頼宣《よりのぶ》侯が信平に贈った強烈な薬とも知らずに飲まされた五味は、若い身体に込み上げる欲望をどうにも抑えることができず、羽織の袖を探って、五両を取り出した。

「ご隠居の言っていた意味がようやく分かった」

そう言って、拝むようにして懐に入れると、組屋敷から駆け出た。

「うおおお！」

出仕を止められた鬱憤《うっぷん》と、欲望を吹き出すように大声をあげて走り、向かった先は、湯島《ゆしま》だった。

湯島天神《てんじん》の近くには、夜になると妖艶《ようえん》な明かりを灯《とも》す町があり、春を求めて男どもが集まってくる。

五味はその町を目指していたのだが、湯島天神の参道に入った時、

「おや」

明かりの下を歩む壁谷を見かけて、立ち止まった。

こちらに向かって来るので、嫌味のひとつでも言ってやろうかと思っていると、通りを曲がり、路地に入って行った。

その先は、芸者遊びができる料理屋が並ぶ通りだ。

どんなところで遊んでいるのか見てやろうと思い、あとを追った。

壁谷は、「華《はな》の坂」という門灯《もんとう》を灯した店に入った。

湯島界隈《かいわい》でも高級で知られた料理屋の名は、五味も知っている。

「野郎、豪勢じゃねぇか」

恨めしげに言い、中を覗いたが、暖簾の奥に見えるのは目隠しの庭木ばかりだ。

どうせ、紹介のない客は断るのだろうと思い、夜の冷気に身震いすると、目的の町へ急ごうと背を返した。

寒風に身を丸めて歩を速めていると、前から町駕籠が来た。景気のいいかけ声に顔を上げた五味は、知った顔を見て、慌てて顔を下げて脇道にそれた。

目の前を通過する駕籠の脇には、吹田屋の番頭が付いている。この時、五味の脳裏をかすめたのは、壁谷の顔だ。

「野郎、繋《つな》がってやがるのか」

目を鋭くして、あとを追うために通りへ出た五味は、袖を引っ張られて振り向いた。

引き止めたのは、お初だった。

五味は驚きながらも、おかめのように目尻を下げ、にやけ顔になったのだが、冷たい目を向けられて、真顔になった。

「お初さん、いったいどうしたのです」

「信平様に頼まれて、吹田屋を探っているのよ」

「吹田屋を？　やはり信平殿は、怪しいと思われましたか」

「ええ」

「それじゃ、おれも手伝おう」

「邪魔だけはしないでちょうだい」

お初は、きっぱりと断った。

二人のそばを、数名の芸者が通り過ぎ、料理屋の中に入った。

お初はあたりを見回し、腕組みをしている。

「ふぅん、こういうところで遊んでいるのね」

「い、いや」五味は慌てて、手をひらひらとやった。「おれは、壁谷を追って来たのですよ」

「あら、そう」お初は、五味の身なりを見た。「いつもの格好と違っているようだけど」

「そ、それはですね……」

「どうでもいいけど」

お初は目を大きくして言い、顔を背けると、邪魔だと言って突き飛ばした。

五味が言いわけをしようと振り向いた時には、お初は「華の坂」に入っていた。あとを追って行くと、すでにお初の姿はなく、店の者が出てきた。

「いらっしゃいませ。お一人様ですか」

三十歳代の男が揉み手をして腰を折り、中へどうぞと言って誘った。

先ほど女が来たであろうと訊くわけにもいかず、五味は中に入った。

噂どおり、中は高級な造りだった。

緋毛氈《ひもうせん》が敷き詰められた廊下を歩み、庭が見える部屋に通された。座るとすぐに仲《なか》居《い》が現れ、今日の料理だと言って御品書きを見せ、酒はどれがいいかと訊いてくる。

見たこともない銘柄の酒をすすめられ、恥を忍んで値段を問う。

料理は思ったより高くなく、酒を頼んだとしても、合わせて一両もいかないことを知り、

「なんだ、そんなものか」

懐に五両あると思えば太っ腹になり、注文した。

料理と酒よりも、お初がどこにいるのか気になっていた五味は、

「憚《はばか》りに行きたいのだが」

仲居から場所を聞くと、廊下の奥へ進んだ。

庭や空き部屋の様子を探りつつ、三味線《しやみせん》の音がにぎやかな部屋の前を通り過ぎたが、お初はどこにもいない。ついでに憚りに入ろうとした時、背後の障子が開いたかと思ったら、首根っこをつかまれて引きずり込まれた。

空き部屋の暗闇で声をあげようとした口を、手で塞がれた。お初のものに違いないその手は、柔らかくて、温かかった。

「隣に奴《やつ》らがいる」

耳元でささやかれた内容は色気がないが、五味は、声と息づかいにとろけてしまい、うつろな目でうなずいた。

善衛門に飲まされた秘薬のせいでこんな場所に来てしまったが、胸の中で感謝した。

「ここはあたしにまかせて」

不意に手が外され、お初が離れたので、五味は正気に戻った。

三味線の音は隣からしていて、何が話されているか、まったく聞こえてこない。

お初は、それでも聞き取ろうと、襖に顔を近づけている。

三味線を弾かせることで安心しているのか、襖の向こう側では、吹田屋と壁谷が並び、芸者の舞を見つつ、ひそひそと話していた。

「北町には、わしから苦情を出しておいた。これで、五味が店に行くことはあるまい」

「ありがとう存じます」

「二度と、あのようなへまをするでないぞ。訴えられたところで、証文がある限りどうにもならぬものを、余計な真似をしおって」

「壁谷様のおっしゃるとおりですが、訴えると初めて言われたものですから、気が動転したのです」

「そのようなことでは、この先やっていけぬぞ。わしがせっかく授けた妙案を疑うなら、おぬしとは縁を切らねばなるまい」

「壁谷様、ご冗談を」

「冗談ではない！」

壁谷が大声を出したので、芸者たちが驚き、舞うのをやめてしまった。

「なんでもない。さ、続けなさい」

吹田屋が小判を投げ出すと、芸者たちが大喜びして群がった。

「吹田屋」

「はい」

「鉄の証文で、もっともっと稼げ。わしが町奉行になったあかつきには、いろいろと便宜《べんぎ》を図り、今以上に稼がせてやる」

「分かりました。ご出世のための金は惜しみませんので、今後ともよろしくお願いいたします」

「楽しみにしておれ」

壁谷はそう言って立ち上がると、小判を拾う芸者に抱きつき、大騒ぎをはじめた。

その姿を見ながら、吹田屋は静かに酒を含んだ。

この時の目つきは、先ほどの不安そうなものではなく、たくらみを含んだ、恐ろしいものに変わっていた。

襖の隙間から覗いていたお初は、吹田屋こそ真の悪だと見抜き、その場から下がると、五味を連れて客間を出た。

「お客様、お客様！」

憚りに行った五味が遅いので、仲居が案じて捜しに来た。

「行って」

お初は背中を押し、庭に下りると、暗闇に溶け込むように去った。

まるで猫のようにしなやかな動きをするお初を見て、

「いい」

五味は、鼻の穴を脹《ふく》らませた。

五

お初から吹田屋のことを知らされた信平は、風間から聞いた噂と照らし、陸奥屋恒七郎だけでなく、父親の千七郎も殺されたのではないかと思った。

「家の財を守ろうとする民の弱みに付け込む者を放ってはおけぬ。悪事を暴き、民が安心して暮らせるようにしたい」

「なんなりと、お申しつけください」

頭を下げるお初に、信平は、手はずを教えた。

翌朝、野菜を届けに来た風間を居間に招いた信平は、吹田屋の悪事を暴く手助けを頼んだ。

「手荒なことになるかもしれぬが、やってくれるか」

「喜んで、お手伝いをいたします」

信平のためならなんでもするという風間は、屋敷を辞した。

店に戻ると、手代の半助《はんすけ》を吹田屋に走らせ、財を預ける意向を伝えた。

すると、惣右衛門は番頭を伴い、すぐにやって来た。

半助と共に森屋の暖簾を潜った惣右衛門は、満面の笑みで腰を折り、風間夫婦にあいさつをした。

客の相手をしていた風間は、番頭にあとをまかせると、妻の静江と共に膝を揃えて座った。

店の帳場で聞こうとする夫婦に、惣右衛門が人目を気にして小声で告げる。

「財のことですから、詳しいことは、奥で話しましょう」

「それもそうですね」

応じた風間が、静江を促して立ち上がる。

すると惣右衛門が、頭を下げた。

「おそれいりますが、ご主人様お一人で、お話をさせてください」

風間と静江が顔を見合わせるのを、狡猾《こうかつ》な惣右衛門は見逃さなかった。

「と、申したいところですが、お二人は仲睦《なかむつ》まじいご様子ですので、一緒がよろしいですね。失礼しました」

この時風間は、番頭が浮かぬ顔をしたように思え、尻尾をつかめぬのではないかと、不安になった。

惣右衛門に見られていることに気付いた風間は、胸のうちを読まれぬよう笑みを浮かべて、奥の部屋へ招いた。

下座に座った惣右衛門が頭を下げ、微笑んで告げる。

「このたびは、良いご決断をされました。さっそくですが、いかほどお考えでございますか」

「その前に、詳しい話を伺いたいのですが」

「かしこまりました。では、以前もお話しさせていただきましたが、手前どもの鉄の証文について、もう一度ご説明を申し上げます。番頭さん」

惣右衛門に促された番頭がはいと応じて、布に包んでいた漆《うるし》塗りの箱を差し出した。

蓋を開けて鉄の板を取り出した惣右衛門が、まだ何も刻まれていない面を見せた。

「手前どもは大火に巻き込まれない場所に蔵屋敷を建て、お客様からお預かりした大切な財を守っておりますから、どうぞご安心ください。火事の炎にも溶けないように作られたこの鉄の証文さえ見せていただければ、刻まれた額は必ずお返しします。これから先、お客様のお店が万が一大火に巻き込まれましても、この鉄の証文さえあれば、大丈夫というわけです」

「それは分かっていますが、もし、預けた金を盗っ人にでも奪われたら、どうするつもりですか」

「そのこともご安心を。蔵屋敷は二ヵ所に分けておりますし、金貸しの商いで儲けている額は皆様からお預かりしている金額より数倍多いですから、一方の蔵の金を失っても、払い戻しに支障はございませぬ」

「そうか。で、蔵屋敷はどこにあるのです」

「それは、いかに森屋様といえども、申し上げられません」

「なるほど、その用心深さなら、安心できますな」

風間が嬉《うれ》しそうに言うと、惣右衛門が、うかがうような顔を向けた。

「それで、いかほど」

「千両預けます。今日預けたいのですが、よろしいか」

「もちろんでございます。この場をお借りして証文に文字を刻みますが、大きさの都合で、お名前はお一人様分しか入れられません。ご主人様のお名前で、よろしいですね」

「わたしの名前で構いません」

「ひとつ、気をつけていただきたいことがございます。払い戻しは、原則ご本人様にしかできませんので、今後不都合がございましたら、早めのお届けをお願いします」

「それは、どういうことでしょう」

風間が不思議そうな顔をして訊くと、惣右衛門が笑みで答えた。

「万が一、ご本人様が不治の病に倒れられた時は、証文の名をご新造様に変えておかれたほうが、安心かと」

「わたしが火事や事故で急死したら、妻には戻さないというのですか」

尻尾をつかめそうだと思った風間が、あえて不安そうに訊くと、惣右衛門が手をひらひらとやった。

「そのようなことは、決してございません。不慮の事故でご本人様がお亡くなりになられた場合は、確認に時をいただきますが、ご新造様ご家族様に、必ずお返しいたします」

風間は、しまったと思った。

妻と共に話を聞いたことで、惣右衛門はまっとうな仕事に切り替えたのかもしれない。

あるいは、二人とも殺す腹か――

そう思った風間は、妻をこの場から出そうかと考えたが、それではかえって疑われると思いなおし、話を進めることにした。

「千両と言いましたが、やはり五百両ほど頼みます」

「減らされるのですか」

「ええ。手元に置いておきたいのです」

「かしこまりました。お名前はいかがいたしましょう」

「わたしの名でお願いします。永久の久に、幸です」

「久幸様でございますね。番頭さん、頼みますよ」

「はい。ありがとうございます」

柔和に頭を下げた番頭が、金槌《かなづち》と鏨《たがね》を器用に使い、鉄の板に文字を刻みはじめた。

手作業を見守りながら、惣右衛門が言う。

「同じ物を二つ作り、ひとつは手前どもで保管しておきます」

「分かりました」

やはり、まっとうな仕事をしようとしている。このままでは、信平の手助けにならぬと思った風間は、

「静江、お茶をお出ししなさい」

「はい」

お構いなくと言う惣右衛門を制し、妻を遠ざけた。

静江が襖を閉めると、様子をうかがうようにして見せた風間が、膝行《しっこう》して惣右衛門に近づき、小声で告げる。

「実は、妻に内緒で金を預けておきたいのです」

「内緒で？」

「そうです。外に子がいるのですが、わたしに何かあれば、援助ができなくなります。その時のために、残しておきたいのです。あとで五百両届けます」

惣右衛門は作ったような笑みを浮かべて応じる。

「分かりました。では、証文をお作りしてお待ちしております。お名前は」

「今は、わたしの名でけっこう」

「かしこまりました」

手の速い番頭の作業は程なく終わり、ゆっくり茶を楽しんだ惣右衛門と番頭は、五

百両を受け取り、上機嫌で帰っていった。

翌日に吹田屋を訪れた風間は、居《お》りもしない隠し子のために五百両預け、証文を受け取って帰った。

「合わせて千両、いかがします？」

見送ったあとで、番頭が舌舐《したな》めずりをして訊いた時、惣右衛門の目は、悪意に満ちたものに変わっていた。

「ただの八百屋と思ったが、どうも、怪しい。奴の身辺を調べろ。ことを起こすのはそれからだ」

「承知しました」

番頭は先に中に入り、奥に隠れていた浪人たちに小銭を渡して、森屋を調べるよう命じた。

森屋に監視の目が付いたのはその日のうちだった。

風間は、信平の屋敷に野菜を届けなかった。

必ず素性を調べるはずだと信平に言われ、この件が落着するまでのあいだ、出入りを止められたのだ。それゆえ、風間は、この日から店だけで商売をして、公儀に関わりがある場所には一切足を向けなかった。

吹田屋は用心深く、監視は十日以上も続いた。

外に隠し子がいると言った手前、会いに行かなくては怪しまれる。

店の格子窓から外の様子を探った風間は、どうしようか考えたが、良い手が見つからず焦った。

町女の格好をしたお初が現れたのは、その時だった。

道から店の様子をうかがうようにして、風間が気付くと、手招きをするではないか。

信平から伝言だと思った風間は、

「ちと、出てくる」

無意識に出た武家の言葉で静江に言うと、表に出た。

お初を追って行くと、寺に誘い込まれた。

「吹田屋から何か言ってきましたか」

「いや」

「監視が続いているようだけど、何か疑われているのかしら」

「へまをしたかもしれません。尻尾を出させようとして、つい隠し子に金を残したいと言ったのですが、何日も会いに行かないものですから、探りを入れているのでしょう」

「会いに行くふりをすれば、奴らも安心するのではないかしら」

「それは、そうなのですが」

思い当たる知り合いがいないと言うと、お初は近づいて身を寄せた。腕を絡めて、歩みを進める。

物陰に隠れて見張っている者のそばを通り、

「もう、今日は帰さないから」

お初は、甘えた声を出し、

「源太《げんた》だって、待っているのよ」

などと適当な名を言い、風間の顔を見上げた。

見つめられて、どきりとした風間は、腕をつねられてようやく我に返り、

「すまない。女房の目を盗むのは大変なんだよ。分かっておくれ」

下手《へた》な芝居を打った。

浪人の耳には届いたはずだが、お初と風間は、寺から出ると、人通りが多い道に入った。

尾行が付いている。

抜かりのないお初は、風間を連れて路地に入り、物陰に隠れた。

二人を見失った浪人たちは、家の様子を見て回り、戻ってきた。

「このあたりに妾宅《しょうたく》があるようだな」

「出てくるのを待つか」

「いや、それには及ばぬ。奴はただの商人だ。帰ってそう伝えるとしよう」

そう言うと、浪人たちは立ち去った。

お初は、帯に隠し持っている小太刀を風間に差し出した。

「次は命を狙いに来るはずだから、これを」

「いや。大丈夫ですよ。わたしは商人ですから、刃物はいりません」

「それでは危険だわ」

「お初さんが付いていてくれますから、安心しています。八百屋は朝が早いので、大変でしょうが」

気をつかわれて、お初は笑みを浮かべて首を振った。

「どのような手で来るか分からないから、くれぐれも気をつけて」

「悪党を退治できるかと思うと、腕が鳴ります。では」

風間は頭を下げ、店に帰った。

六

数日が過ぎた朝、風間は、半助を連れて野菜の仕入れに出かけ、雇った人足たちが引く荷車に付き添って帰っていた。

足の速い葉物は毎日仕入れが必要だが、高値で売れるので、風間は労力を惜しまない。

今朝はいい仕入れができたと半助に言いながら、上機嫌だった。

ふと、背後にある気配を察したのは、まだ人気がない町の通りに差しかかった時だった。

左手に酒徳利を提げている浪人が、風間を見据えて付いて来る。程なく、脇道からもう一人現れ、肩を並べて歩みはじめた。

「半助、人足たちと先に行きなさい」

風間は背中を押し、立ち止まった。

浪人たちも立ち止まり、口元に不敵な笑みを浮かべる。

心配する半助に行けと命じて、風間は浪人と対峙《たいじ》した。

浪人が酒徳利を捨て、刀の柄《つか》に手をかけた。

風間は、手刀を立てて身構え、浪人に意識を奪われている。その時、半助と人足たちが引く荷車が通り過ぎた辻から別の荷車を押す者が現れ、風間の背中めがけて走りはじめた。

同時に、浪人が抜刀した。

挟み撃ちにされた風間は、逃げ場がなかった。

荷車を押す二人の男は、風間をひき殺すべく勢いを増した。そこへ、お初が現れ、地を蹴って飛び、宙返りすると、荷車の上に降り立った。

ぎょっとする男たちに、にやりと笑みを見せるや、身体を捻《ひね》って飛び、二人同時に蹴り飛ばした。

顔を蹴られた男たちは、背中から地面に落ちて気絶した。

荷車はあらぬ方向へ走り、商家の壁に突き刺さるようにして止まった。

事故に見せかけて殺すのに失敗し、浪人が舌打ちをした。

「ええい、仕方ない」

刀を振り上げ、風間に迫ると、打ち下ろした。

袈裟懸けに振るわれた刀の切っ先をかわした風間は、返す刀で斬り上げようとした浪人の手首を押さえ、胸ぐらをつかむと、身体をぶつけて押した。
建物の壁に押し当てるや、侍が必死の声をあげて押し返そうとした。
背後に迫ったもう一人が、気合をかけて斬りかかる。
風間は身を転じてかわし、続いて横に一閃された一刀もかわして、間合いを空けた。
そこへお初が駆け付け、風間の前で小太刀を構える。
浪人は、こしゃくな、と吐き捨て、お初を襲った。
だが、お初に敵《かな》うはずもない。
斬りかかった一刀をかわしざまに手首を斬られた浪人は、
「うっ」
刀を落とし、後ずさりした。
「貴様、何者だ」
浪人の問いにお初が答えるはずもなく、二人を相手に突き進み、峰打ちにして倒した。

「やはり、襲うてきたか」

荷車に縛り付けられ、屋敷に運び込まれた四人の襲撃者を前に、信平は、厳しい目つきで言った。

善衛門が口をむにむにとやり、

「けしからん奴らですな」

こらしめてやらねばと言う。

信平は、背後に控える家来の江《え》島《じま》佐《さ》吉《きち》に顔を向けた。

「次は、そなたの番じゃ。手はずどおり頼む」

「承知」

佐吉は張り切った様子で出かけた。

信平が告げる。

「お初、五味を頼む。これを持ってゆくがよい」

書状を渡すと、宛名を見たお初がうなずき、屋敷から出ていった。

信平は狐丸を腰に帯び、風間に向く。

「悪党に預けた千両を、取り戻しにまいろう」

風間は表情明るく応じる。

「喜んでお供します」

一足先に桜田備前町に向かった佐吉は、吹田屋の前で身なりを整えると、閉められていた戸をたたいた。

潜り戸から顔を出した番頭が、大男の佐吉を見てぎょっとした。

「ど、どちら様で？」

「南町与力、壁谷久繁様の遣いだ。あるじはおるか」

「壁谷様の」番頭は慌てた様子になり、出てきた。「ささ、どうぞ、お入りください」

「うむ」

佐吉は潜り戸から窮屈そうに入り、番頭が惣右衛門を呼んでくるのを待った。

程なく現れた惣右衛門が、見覚えのない佐吉に、いぶかしそうな顔をした。

「お奉行所の方ですか」

佐吉は答えず、責める声を発する。

「しくじったな、惣右衛門」

身に覚えのある惣右衛門は、目を丸くして慌てた。

「まさか、先生方が捕まったのですか」

「そのまさかだ。ここにも手が回る。例の証文を、殿の屋敷にすべて持って来い。蔵屋敷の金も集めろ」

与力の屋敷なら、これまで集めた金を守れると言われて、惣右衛門はすぐに動いた。

鉄の証文は番頭に持たせ、千両箱を店の者たちに背負わせると、蔵屋敷に走った。浪人どもが白状すれば、蔵屋敷の在処《ありか》も知られ、集めた万両の金がすべて没収されてしまう。それだけはさせてなるものかと、白金と渋谷《しぶや》の蔵屋敷を回り、警固の浪人たちに千両箱を載せた荷車を引かせて、八丁堀へ急いだ。

壁谷に匿《かくま》ってもらえば、何があろうと心配ない。

やっとの思いで到着した惣右衛門の一行は、門をたたいた。

「壁谷様、吹田屋でございます。壁谷様！」

必死に訪《おとな》いを入れると、潜り戸から下男が出てきた。

荷車を引き、浪人を連れている吹田屋に、下男は何ごとかと訊く。

「壁谷様に呼ばれて来たのだ。入れてくれ、早く」

人目を気にして急《せ》かすと、下男は門を開けた。

荷車を引いて中に入った時、壁谷が屋敷から出てきた。

「吹田屋ではないか。なんだ、その荷物は」

警固の者と番頭たちもいるので、壁谷は驚いている。

「お申しつけのとおり、証文と金をすべて持ってまいりました。このたびはとんだしくじりをして、深くお詫《わ》び申し上げます」

「何を申しておる。何があったのだ」

訊かれて、吹田屋は眉間《みけん》に皺《しわ》を寄せた。

「何がって……。大男をよこされたではございませぬか」

「知らん。遣いなど出しておらぬ」

「そ、そんな。森屋を亡き者にしようとした先生方が捕まったと、確かに……」

唖然《あぜん》とする吹田屋を、壁谷が睨んだ。

「この間抜けめ、騙されおって。すぐ出ていけ！」

「もう遅いぞ」

壁谷が怒鳴った時、門の外で声がした。

皆が門を見ると、浪人どもを縛り付けた荷車が横付けされた。

ぎょっとした壁谷が、

「誰だ！」

声を荒らげ、前に出た。

荷車の後ろから現れた狩衣姿《かりぎぬ》に、目を見張る。

「ま、まさか、あなた様は……」

善衛門が信平の前に出て、大声を張り上げた。

「控えい！　こちらにおわすは、鷹司松平信平様であるぞ」

将軍家縁者の信平と知り、壁谷たちはその場に平伏《ひれふ》した。

善衛門が怒鳴る。

「財を守ろうとする民の弱みに付け込んだそのほうらの悪事、許せぬ！」

壁谷が必死の形相《ぎょうそう》で訴える。

「おそれながら、それがしはたった今、この吹田屋を捕らえていたところでございます」

「壁谷様――」

「ええい、黙れ！」

壁谷が立ち上がって抜刀し、口封じに斬ろうとしたが、刀を振り上げた腕に、信平が放った小柄《こづか》が突き刺さった。

「うっ、何をなさいます」

「麿《まろ》が何も知らぬと思うておるのか」

信平に鋭い目を向けられた壁谷は、押し黙り、観念した。

門の外に五味が現れ、荷車に縛られた浪人たちを見下ろすと、中に入ってきた。

善衛門が不機嫌な顔を向け、

「遅いではないか！」

叱ると、五味は首を前に出して頭を下げ、

「これを、返してもらいに行っていましたもので」

十手を抜いて見せた。

五味は信平の横に並び、

「お初殿から受け取った書状をお奉行に渡したら、すぐに返してくれましたよ」

出仕差し止めを解くようにと、奉行に根回しをしてくれたことを感謝した。

「おい！」

五味が声をあげると、外を捕り方が囲み、仲間の同心たちが駆け込んできた。

五味は壁谷の前に行き、厳しい顔で告げる。

「今日から北町の月番だ。覚悟してくださいよ、壁谷さん」

「くっ――」

屈辱に満ちた顔をした壁谷は、がっくりとうな垂れた。


後日、悪党どもに奪われていた金がおしまに返され、陸奥屋は再建を果たした。

「来る途中に足を延ばして見て来ましたが、元気に働いていましたよ」

朝から信平の屋敷の居間に上がり込んでいる五味は、お初の味噌汁を飲みながら、上機嫌で教えた。

「民が幸せに暮らすことは、何よりじゃ」

信平が言うと、善衛門が続く。

「上様《うえさま》も、此度《こたび》のことを重くみておられます。近々、火事に備えて金を預かる商売の実態を調べ、不正を働く者は厳しい処罰をくだすと仰せになりました」

「奉行所は、すでに動いていますよ」

五味がそう言うので、信平は安堵した。

「そのことが広まれば、吹田屋のような輩《やから》は姿を消すであろう」

「そうなってほしいものですよ」

五味は、法をかい潜る悪人が減らぬと嘆いた。

「まあっ」

信平の隣にいた松姫《まつひめ》が、突然声をあげて口を塞いだ。

大きな目は五味に向けられていたので、皆が注目すると、五味の鼻から血が垂れていた。

「これは、失礼しました」

五味は慌てて鼻を隠し、背を向けた。

お初が五味の前に座り、懐紙を差し出した。

「ど、どうも」

受け取る五味の目が、己の胸に向けられているのに気付いたお初が、不機嫌に告げる。

「五両、使われたらどうですか」

知っていたのかと、目を見張ってあんぐりと口を開ける五味を、お初はつんとした顔で相手にせず、台所に下がった。

「どこか、具合が悪いのか」

信平が訊くと、五味は頭を振った。

「妙な薬を飲んだせいです」

「妙な薬？」

案じる信平に、五味は告げた。

「はい。独り身には、毒ですよ」

五味から恨めしげな目を向けられた善衛門は、咳ばらいをして顔をそらし、茶をすすった。

なんのことか皆目《かいもく》見当がつかぬ信平は、松姫と顔を見合わせた。

第二話　神楽坂《かぐらざか》の虎

一

「いたか！」

「いや」

「捜せ！」

木刀を右手に提げた十数名の侍たちが神楽坂を駆け上がってくると、あたりを見回しはじめた。

菜飯屋《なめしや》の玉暖簾を潜って出てきた大工の身体を突き飛ばして中に入り、捜し人が隠れていないか店の奥まで調べた。別の者は商家の暖簾を分けて、中を確かめている。

「近くにいるはずだ。逃がすな！」

目の色を変えて叫ぶ頭目らしき男が、神楽坂に商品を並べて商いをしていた楊枝屋《ようじや》の男を捕まえて、侍が走って来たのを見たか、と、脅すように訊く。

楊枝屋の男は、侍の剣幕《けんまく》に恐れおののき、坂の反対側にある蠟燭《ろうそく》問屋を指差した。

「あ、あそこに、入りましたです」

侍が「おい」と皆を呼び集め、蠟燭問屋を取り囲んだ。

この時にはもう、神楽坂を行き交っていた人々は離れた場所から見ている。

野次馬の中には、

「また喧嘩だ」

「今度はどっちが勝つか」

などと言い、自分たちが巻き込まれない距離を保っている。

侍たちが木刀を構えて囲み、頭目が大音声《だいおんじょう》で怒鳴った。

「出てこい！」

店の表は、紺暖簾が風になびくのみで、人が出てくる気配はない。

頭目に顎で指図された二人が応じて、前に出た。

そのうちの一人が木刀で暖簾を分けると、もう一人が首を伸ばして、用心深く中の様子をうかがう。その刹那《せつな》、中から気合をかけ、小太りの男が飛び出てきた。

わっ、と、二人が飛び退《の》く。

半分自棄《やけ》になっている小太りの男は、必死の形相で木刀を振り回し、囲みを突破しようとした。

しかし、背後を取った侍に足を打ち払われ、仰向《あおむ》けに倒れた。

「それ！　今だ！」

頭目が怒鳴り、侍たちが一斉に囲んで木刀を打ち下ろす。

容赦《ようしゃ》なくめった打ちにされた、その時、

「どけい！」

怒鳴り声をあげて、神楽坂の上から駆け下りた数名の侍に、見物していた者たちが突き飛ばされた。

相手が女だろうと、邪魔な者は構うことなく突き飛ばした侍たちが、木刀を振りかざして走り、小太りの男を囲んでいた者たちに襲いかかった。

こうなっては、誰にも争いを止められない。

木刀の戦いとはいえ、神楽坂は戦場のようになり、当身《あてみ》を食らった侍が店の中まで飛ばされ、大事な売り物に倒れて台無しにしたかと思えば、鍔《つば》迫《ぜ》り合いをしたまま店の中に突っ込み、逃げ惑う奉公人を巻き込んで戦っている。

自身番《じしんばん》から駆け付けた町役人が止めようとしたが、

「引っ込んでおれ！」

この一喝《いっかつ》で役人たちは縮み上がり、手が付けられる状態ではない。

ようやく争いが収まったのは、小太りの男を助けようとした者たちが、ことごとく倒された時だった。

多勢に無勢で、神楽坂の下から来た者たちが勝利し、道端に倒れた侍たちを見下ろし、罵声《ばせい》を浴びせている。

だが、一人の侍が野次馬のあいだから現れると、その場の空気は一変した。

頭目が、憎々しげな顔で口を開く。

「おのれ、来たな漸鬼《ぜんき》」

皆が木刀を構え、迎え撃つ気満々だ。

漸鬼と呼ばれた男は、恐れるどころか堂々と歩んでくると、侍たちと対峙した。

ひとつ大きな息をした漸鬼が、

「引け！」

大音声で言うや、倒れていた者が立ち上がり、足を引きずりながら、坂の上に去った。

一人残った漸鬼は、恨みの眼差しを向ける者たちを見回し、右手を横に出した。

すると、供の下男が木刀を差し出した。

漸鬼が右手で柄をにぎると、構える前に、侍たちが気合をかけて襲いかかった。

漸鬼が片手で木刀を打ち上げる。

先陣を切って打ちかかった侍の木刀が弾き飛ばされ、くるくると宙を舞って落ちた。

木刀を飛ばされた侍は、逃げる間もなく腹を打たれ、呻いて膝を地面につけると、白目をむいて横向きに倒れた。

「お、おのれ」

今日こそは倒す、と意気込んだ侍たちだが、誰一人として敵う者はおらず、突風のごとく前に出た漸鬼に、打ちのめされた。

道端に倒れ、呻く者たちを見下ろした漸鬼が、一人残った頭目に切っ先を向ける。

息を吞んだ頭目は、刀を正眼に構えたものの、切っ先は震えている。

漸鬼は薄笑いを浮かべていたが、笑みを消し、鋭い眼差しで告げる。

「いずれ道場にあいさつに行く。師範にそう伝えておけ」

落ち着きはらった声の漸鬼は、悠然《ゆうぜん》と背中を向けると、供の者を連れて坂道を上がって行った。

道を空けた野次馬たちは、漸鬼を振り向き、

「やっぱり、すげぇや」

などとささやき、感心している。

漸鬼に打ちのめされた者たちは、悔《くや》しげな声をあげて立ち上がり、坂をくだって行った。

嵐が去ったようになっている神楽坂では、被害を受けた商家のあるじたちが岡っ引きを捕まえて、

「親分、こう何度も何度もやられたのでは、店が潰れてしまいます」

「そうですとも。なんとかしていただかないと、困ります」

「もう限界です。二度と、こんなのはいやです」

口々に言い、助けを求めた。

「そうは言っても、相手が相手だ。静まるのを待つしかないだろう」

岡っ引きは、町の衆をなだめるのがやっとだ。

町の治安を守る町方同心はというと、細い路地で小さくなり、商人たちに見つからないようにしている。共にいた岡っ引きを突き出しておいて、自分は隠れているの

だ。

そして、店主たちが落ち着いた頃を見計らって出てくると、十手を向け、

「何かあったのか！」

などと、たった今来たふりをする。

こうした同心の行動は今日が初めてではなく、店のあるじたちは、今頃来やがった、という顔をあからさまにして、白い目を向けて店に入って行く。

「旦那ぁ、いいかげんにしてくださいよ」

岡っ引きが泣きそうな顔で訴えたが、この町を受け持つ北町奉行所同心は、

「相手は武家だぞ。わしに何ができるというのだ」

ああ腰が痛い、歳だ歳だ、と言って、坂をくだって行く。

泣きそうな顔のまま見送った岡っ引きは、商家の片づけを手伝いはじめた。

二

「そういうことでございましてね、ご隠居、このおれまで睨まれる始末なのでございますよ」

「分かった、分かった。その話は、もう三度目じゃぞ」

葉山善衛門がいやそうな顔をした。鼻を赤くして酒の匂いをさせる五味正三に、うんざりしているのだ。

非番だった五味は、神楽坂のどこぞに入り込んで深酒をしていたのだが、北町の同心だというのが知れた途端に、店主に追い出されたという。

「して、争いの元凶は何なのだ。殿にその先をお話しせぬか」

善衛門に促された五味は、上座に座る信平と松姫に顔を向けた。

酔ってだらしなく斜めにかたむいて座る五味の前に、お初が水を差し出した。

「かたじけない」

にやりとして言う五味に、お初が氷のような視線を落とし、下座に座った。

「帰るために、坂をくだっていた時に転んだところを助けてくれた……」

小粋な女が、と言いそうになった五味は、口を閉じた。

善衛門が問う。

「助けてくれた者がどうした」

一口水を含んで喉に流し込んだ五味は、言葉を変えて告げる。

「助けてくれた者が言いますには、道場同士の争いがあるらしいのです。それも、昨日や今日はじまったのではなく、ここ数ヵ月のあいだ、顔を合わせるたびに場所を選ばず喧嘩となり、町の者は大迷惑をしているとか。悪いことに、神楽坂を受け持っている北町の同輩が弱腰なものですから、奉行所は頼りにならないといって、おれまできらわれたというわけです」

「とんだとばっちりを受けたか」

信平が気の毒そうに問うと、五味がうなずいた。

「おかげで、肘《ひじ》を擦りむきました」

「して、五味の同輩は、何ゆえ放っているのだ」

「そこですよ。争っているのは、牛込《うしごめ》御門内の飯田《いいだ》道場と、神楽坂上にある早坂《はやさか》道場なのですが、どちらの道場主も名が知れた達人で、門弟は旗本の子息や大名家の家臣ばかりなものですから、我ら町方には、手出しができません」

善衛門が、なんともいえぬ暗い顔をしている。

信平は気になった。

「善衛門、いかがした」

はっとした善衛門が、

「いや、その」

答えず下を向いて考えていたが、信平に膝を転じて顔を上げた。

「実は、殿のお耳に入れるまでもないと思い、黙っておりましたが、牛込御門内の飯田道場のあるじは、それがしが一刀流《いっとうりゅう》を学んだ、師の息子なのです」

「そうであったか。では、争いの原因を知っているのだな」

「はい」

善衛門は、いたたまれないような面持ちとなり、知っていることを話した。

それによると、恩師の息子飯田秋宗《あきむね》は、亡き父の跡を継いで道場主となり、四十六歳となった今年で、丁度十年になるという。

若い頃は、酒も女も興味がなく、剣一筋で生きていたため、一刀流の腕は、父をも凌《しの》ぐらしい。

飯田の剣の腕は評判となり、牛込御門内という場所柄もあって、百名を超える門弟のほとんどが、公儀の役目に就《つ》く旗本衆の子息だったが、大名の家臣も多少いた。

飯田が争っている相手は、神楽坂の剣豪、早坂卜漸《ぼくぜん》だった。

歳は飯田より二つ上であるが、念流《ねんりゅう》の腕は衰えるどころか、ますます冴えている。

神楽坂の早坂道場も門弟が百名を超える大所帯で、飯田道場にひけを取らぬ。こちらも旗本の子息が多かったが、中でも先手組《さきてぐみ》同心の子息たちは、気性が荒い者が多いという。

そこまで告げた善衛門が、お初が出してくれた茶を一口飲んで続ける。

「どちらも名高い道場で、門弟も武家が多いため、対外試合を禁じており、これまでは争うことなど考えられなかったのですが、あることをきっかけに、いがみ合うようになったのです」

「それは、なんじゃ」

信平が訊くと、善衛門はため息をついた。

「飯田の娘が、早坂の息子の子を孕《はら》んだのです」

信平と松姫は驚き、顔を見合わせた。

「めでたい、とは、ならぬのか」

信平の言葉に、善衛門が頭を振った。

「早坂の息子漸鬼は、剣の腕は凄《すさ》まじく――」

「神楽坂の虎！」五味が善衛門の言葉を切り、身を乗り出して告げる。「手が付けられない暴れ者で有名ですな」

善衛門は口をむにむにとやったが、気持ちを落ち着かせて、信平に言う。

「その虎めが、覚えがない、己の子ではないと言い、飯田親子に恥をかかせたのです」

　松姫が気の毒がった。

「娘さんは、さぞ悲しまれたでしょう」

「争いは、どのようにして起こったのだ」

　信平が訊くと、善衛門が渋い顔で応じる。

「嫁入り前の可愛《かわい》い娘を傷物にされたばかりか、恥までかかされた飯田殿は、たった一人で神楽坂をのぼり、早坂の道場を訪ねたのです。早坂親子は留守だったのですが、腹の虫が収まらぬ飯田殿は、対応した無愛想な門人を木刀で打ちのめし、出てきた者たちを一人残らずたたき伏せ、看板を奪って帰ったのです」

　信平は、飯田の気持ちを思う。

「道場の顔ともいうべき看板を奪うとは、よほど、腹に据えかねておられたか」

　善衛門はまた、渋い顔をした。

「それだけでは終わらず、看板を返してほしければ、親子で、娘に土下座して詫びろと言ったのです」

　信平は考えをめぐらせ、推測を口にした。

「留守中に看板を奪われた早坂親子は、力ずくで看板を奪いにくるはず。飯田殿は、それが狙いだったか」

だが、善衛門の答えは意外なものだった。

「一通の書状をよこしたらしいのですが、それには、盗んだ看板を返さねば、門弟を残らずたたきのめすまで、と、書かれていたそうです」

「なるほど。それゆえ、争いが激しくなっているのか」

「はい」

善衛門は、恩師の息子と孫娘を案じているらしく、なんとか穏便に収める手はないものかと、独り言のように声に出した。

五味は、気分が晴れぬ面持ちの善衛門を心配そうに見て、口を開く。

「なんとかしたいところですが、大名の家来や旗本が絡んでいますから、町奉行所ではどうにもできません。申しわけないですが」

「それはわしとて同じじゃ」

善衛門が背中を丸めて、大きなため息をついた。

松姫が問う。

「身重の娘は、どうしているのです」

善衛門が背筋を伸ばして応じる。

「母親がそばに付いているようですが、日々、泣き暮らしているそうにございます」

「哀れな。きっと、争いが起きたのは自分のせいだと思っているのでしょう」

松姫の悲しそうな横顔を見て、信平は拳を作った。嫁にする気もない娘を孕ませたばかりか、親子に恥をかかせた漸鬼に、憤《いきどお》りを覚えたのだ。

五味が帰ってからお初が教えてくれたのだが、飯田道場と早坂道場の争いは、公儀の耳にも届いていた。

目付役《めつけやく》が動いたものの、大名家や旗本の縁者が絡んでいるのもあり、争いはなかなか収まらず、今に至っているという。

お初が言う。

「上様も、気を揉んでおられるとのことですが、伊豆守《いずのかみ》様は、所詮《しょせん》は道場同士の争いであり、木刀での小競《こぜ》り合いごときに公儀が動かずともよいと仰せになられたそうです」

「道場主は上様の家臣ではなく、門弟たちは皆、家督を継いでおらぬ子息ゆえ、放っておくと」

信平が問うと、お初は頭を振った。

「争いの果てに死人が出るような事態になれば、即刻御家断絶《おいえだんぜつ》にされるのではないかと」

「なるほど」

信平は、老中松平《まつだいら》伊豆守信綱《のぶつな》の恐ろしい一面を見たような気がした。

「だがこのままでは、民に死者が出る恐れがある。争いを放ってはおけぬ」

信平の言葉に、善衛門が明るい顔を上げて身を乗り出した。

「殿、止めてくださりますか」

「明日、様子を見てみよう」

「はは」

善衛門が大声で応じ、佐吉は、にやりとして告げる。

「神楽坂の虎は、それがしにおまかせあれ」

暴れ者と聞いて、どうやら血が騒いだようだ。

三

五味の案内で神楽坂をのぼった信平は、毎日のように争いがあるというので町中を見廻っていたのだが、木刀を持ち歩いている者の姿はなかった。

突然の轟音《ごうおん》が耳を突いたのは、岩戸町《いわとちょう》まで足を延ばしていた時だ。

「あれは？」

信平が訊くと、五味が耳の穴をほじりながら教えた。

「鉄砲ですよ。町家のすぐ裏に、鉄砲の稽古場があるのです」

町の者は慣れているのか、ふたたび轟《とどろ》いた音に驚く者はおらず、平然とした様子で道を行き交っている。

鉄砲組は、侍が剣術の鍛錬《たんれん》をするのと同じで、ほぼ毎日弾を撃ち、腕を磨いておかねばならない。

ただ、音が音だけに、剣術の気合声や、静かに矢を放つ弓術とは違い、周囲の者には大迷惑なことであるが、先手組は将軍家直参の旗本。発砲の轟音が轟いても、文句を言う者はいない。

「赤坂に稽古場がのうて、ようございましたな」

善衛門が、うるさくてかなわん、と言い、裏に続く路地を覗いた。

「信平殿、ここが、例の道場です」

五味が教えた早坂道場は、鉄砲の音が轟く岩戸町の向かい側にあるのだが、看板を外した跡がくっきりと柱に残る表門は閉ざされ、ひっそりとしていた。

「殿、いかがなさいますか」

善衛門に訊かれて、信平は門を見上げた。

「まずは直接会《お》うて、争いをやめるよう言うてみるつもりじゃ」

応じた佐吉が、拳で門扉《もんぴ》をたたいた。

「たのもう」

中から返答がないので、佐吉は息を吸い、

「たのもう！」

大音声をあげると、今度は平手で門扉をたたく。

一枚板の立派な門扉が揺らぎ、音が響くと、隙間に影が動いた。

しかし、出てくる気配はなかった。

佐吉が顔を近づけて声を張り上げる。

「おい、そこにおる者。道場主に話がある。開門せい。鷹司――」

「佐吉」

佐吉が、鷹司松平の名を告げようとしたのを、信平が止めた。すると、門扉の下の隙間から真っ白い猫が顔を出し、すり抜けて来ると、町のどこかへ駆けて行った。

「なんじゃ、猫か」

佐吉が不服そうに言い、誰もいないのかと独りごち、門を見上げた。

「向かいの者に、話を聞いてみよう」

信平に応じた五味が背を返して、道を挟んだ向かいの店に入った。

呉服屋の中は客が一人もおらず、白髪《しらが》の鬢《びん》を綺麗《きれい》に整えた老爺《ろうや》が一人、店番をしていた。

同心の五味に愛想を見せるでもなく、いぶかしそうな顔を向けたかと思えば、迷惑そうに目筋を下げ、指を舐めて帳面をめくった。

「おい、ちと聞かせてくれ」

「八丁堀の旦那にお話しすることはございませんよ」

老爺は顔を上げもせずに、つっけんどんに答えた。

「まあそう言わずに、聞かせてくれ。向かいの早坂道場のことだ」

五味が言うと、大きな息を吐いた老爺が顔を上げ、はっとした。五味の後ろから、狩衣姿の信平が入ったからだ。慌てて帳場を離れると、上がり框まで出て膝を揃え、頭を下げた。

「こちらは、鷹司松平様だ」

五味が教えると、老爺はぱっと明るい顔を上げ、すぐに下げる。

「店のあるじ、徳兵衛《とくべえ》にございます」

信平は、あるじの前に歩み寄り、気さくに上がり框に腰かけた。

驚いた徳兵衛が、膝を転じて言う。

「どうぞ、奥の客間に」

「よい。それより徳兵衛。早坂道場の様子はどうじゃ。人の出入りはないのか」

「はい。看板を取られてからずっと、表の門は閉まったままです」

「では、道場の者は裏から出入りしているのか」

五味が訊くと、徳兵衛は答えずに口を真一文字《まいちもんじ》に結び、顔を背けた。

「その態度は、道場同士の争いに対し、町奉行所の者が何もせぬのを恨んでいるのか」

信平が訊くと、徳兵衛は五味を一瞥して答える。

「そうではないのです。町奉行所が何もできないのは、わたしも町の衆も分かっております。ですが、喧嘩を止めることはできますでしょう。それを、陰に隠れて見ているのですから、腹が立つのでございますよ。あの争いのせいで、この界隈は客足が遠のき、店を閉めた者もいるのですから。お武家のことには口出しできないにせよ、町中で争いが起きないようにしてくれてもいいはずです。旦那、そうでございましょう。それに見合うだけの付け届けはしているつもりです」

顔を向けて言われた五味は、

「まあ、それはそうだが……」

困ったような顔をした。

他人《ひと》の受け持ちだけに、どれほどの付け届けが出されているか知らない五味は、返す言葉がない。

「徳兵衛」

信平が呼ぶと、徳兵衛は五味を睨むのをやめて、神妙に頭を下げて聞く態度になった。

「我らは、争いをやめさせにまいった。道場の者は、裏から出入りしているのだな」

「見たわけではございませんが、おそらく、そうだと思います」

「さようか。して、漸鬼と申す者は、神楽坂の虎と異名を取ると聞いたが、それほどに暴れ者なのか」

「さ、さあ、それにつきましては、よく分かりません」

漸鬼の名を聞いた途端、徳兵衛の口が重くなった。

信平は、漸鬼を恐れて何も言えぬのだと察して、訊くのをやめた。

「邪魔をした」

佐吉が暖簾を分けた戸口から外に出た信平は、道場の裏手に回った。

道場の裏は、寺の土塀と武家屋敷の土塀に挟まれた、人ひとりやっと通れるほどの狭い路地になっており、佐吉などは、身体を斜めにして歩んでいる。

道場の真裏に着くかという時に、木戸が開き、中から人が出てきた。

旗本の子息らしき身なりをした若者三人が、先頭を歩んでいる佐吉が路地を塞いでいるのを見て、ぎょっとした。

「何か、御用ですか」

その者たちではなく、背後から声をかけられ、信平たちが振り向くと、木刀を入れた袋を持った男が、狩衣姿の信平に頭を下げた。

「早坂道場の門弟か」

最後尾を歩んでいた五味が訊くと、男は、十手に目を向け、じろりと睨んだ。

「町方が、なんの用だ」

「あるじト漸殿に話があってまいった。あいや、それがしではなく、こちらのお方だ」

五味が背を低くして信平を紹介すると、男は、狩衣姿の信平に鋭い目を向けた。

「公家《くげ》のお方が、先生になんの用です」

「控えよ。このお方は、鷹司松平様だ」

五味が名を告げたが、若い男は、信平のことを知らぬというように、鋭い目を離さない。

「あいにくだが、先生は誰ともお会いせぬ。帰られよ」

「どうしても、会わせてくれぬか」

問う信平に、男は不快を面《おもて》に出した。

「くどい」

「無礼者！」

善衛門が怒鳴るや、男が怒気を浮かべて一歩出た。同時に、三人の門弟の顔つきが変わり、その場の雰囲気が一変した。

佐吉が、刀の柄に手をかけた三人を鋭い目で睨みつけ、

「やるか」

大音声を発して両手を上げた。

その威圧に、先頭の男が一歩下がった。

「佐吉、やめよ」

信平が止め、後方の若い男に告げる。

「今日のところは帰るが、あるじに伝言を頼む」

「なんだ」

「早坂道場と飯田道場の争いのせいで、町の者たちが困っている。これ以上町中で暴れるのはやめにしてもらいたい」

男は信平を睨んだものの、黙っている。

「よいか。必ずあるじに伝えよ」

信平は念を押し、路地から出た。

「殿、あっさり引き下がるのですか。あの者は、伝えぬかもしれませぬぞ」

善衛門が声をあげたが、信平は大通りに出て神楽坂に足を向けた。

「殿、このままでは間違いなく、また争いが起きますすぞ」

「気付かなかったか、善衛門」

信平の言葉に、善衛門は眉間に皺を寄せる。

「何をでございます」

「塀の中に、大勢の門弟が潜んでいた。あのまま入れば、斬り合いになっていたかもしれぬ」

「まことでござるか」

善衛門は驚きの声をあげて振り向いた。

「まったく気付きませなんだ。佐吉、おぬしは気付いておったのか」

「当然ですよご老体。殿がお止めにならなければ、今頃は斬り合いになっていたでしょうな。それほどの殺気がございました」

善衛門は、気付かなかったことを不覚に思ったらしく、不機嫌になった。

「五味、おぬしは気付いておったのか」

すると、五味は手をひらひらとやった。

「あの若い男に気を取られておりましたので。ただ者ではないですぞ、あの若い男は」

すると善衛門が、賛同した。

「さよう。殿、それがしも若造に気を取られて、中の気配に気付きませなんだ。かなりの遣い手ですぞ、あの若造は」

「うむ」

応じる信平に、五味が言う。

「名も名乗らず、不気味な野郎でしたね。あいつが、神楽坂の虎ではないでしょうか」

「何」善衛門が立ち止まった。「おぬし、漸鬼の顔を知らぬのか」

「はい。知っているのは噂だけです」

善衛門はまた、後ろを振り向いた。

「わしには、旗本の倅《せがれ》のように見えたが」

佐吉が口を開く。

「確かに。暴れ者なら、殿に嚙《か》みついていたでしょうな。あれが虎ならば、たいしたことはないですぞ」


その頃、早坂道場では、あるじ早坂卜漸が道場の上座に座り、門弟たちに厳しい顔を向けていた。

「その狩衣の者は、確かに、鷹司松平と名乗ったのか」

信平と話をしたという門弟に今一度確かめると、

「確かに、申しました」

男が答え、三名の門弟が顎を引く。

路地で信平たちと対峙した四名の者はいずれも門弟で、道場の番付は中の上。神楽坂の虎は、皆の前で卜漸の横に座っている若者である。

その若者が、膝を転じた。

「父上、鷹司松平とは、何者なのです」

「うむ」卜漸は、考える顔をした。「まさか、このような場所に来るとは思えぬが、本物なら、厄介だぞ」

「誰なのです」

漸鬼がもう一度訊くと、卜漸は渋い顔で告げる。

「亡き家光《いえみつ》公の御正室本理院《ほんりいん》様の、弟君だ」

将軍家縁者と知り、路地で対応した門弟たちは真っ青な顔になっている。

それもそのはず。四名は、公儀の役目に就いている旗本の息子なのだ。そして、この四名だけでなく、ほとんどの者が動揺している。

漸鬼が問う。

「父上、いかがなさいます」

「悔しいが、当面のあいだ、飯田との争いは控えねばなるまい」

漸鬼が素直に従うと、門弟の一人が身を乗り出して訴えた。

「では、看板はどうなるのですか」

「さて、どうしたものか」

考え込んでしまった卜漸を、門弟たちが固唾《かたず》を呑んで見守った。

静まり返る門弟を見回した卜漸が、辛《つら》そうに目を閉じて言う。

「倅が起こした不始末でこうなったのだ。そなたたちが道場を想うてくれるのは嬉しいが、わしはこれを機に、隠居することにした」

思わぬ宣言に、一同が愕然とした。

「先生！　それでは、わたしたちはどうなるのです」

「そうだ。看板を奪われたまま道場を畳めば、いい笑い物にされてしまう。それでもいいのですか、先生」

「よいではないか。お前たちが飯田一人に打ちのめされ、看板を奪われたのは事実。争って奪い返したとしても、看板を奪われた汚名を返上することはできぬ」

「いいえ、取り返せば元に戻れます」

門弟が食い下がったが、卜漸は聞かなかった。

「昨日も、神楽坂で無様《ぶざま》に負けておったのは、お前たちであろう」

飯田の門弟に打ちのめされていたのを助けに入った漸鬼が言うと、小太りの門人が、顔中に巻いた包帯を隠すようにうつむき、門弟たちも、押し黙った。

「早坂念流は、飯田一刀流に負けたのだ」

卜漸がそう言うと、門弟たちのあいだから、すすり泣きが聞こえはじめた。

卜漸はその者たちを泣くなと叱り、優しい顔になると、なだめるように言う。

「お前たちは、いずれ家督を継ぎ、将軍家のために奉公する身。つまらぬ道場のために、御公儀に目をつけられるようなことをしてはならぬ。今日は屋敷へ帰れ。帰って、道場を閉めることを父上にお伝えせよ」

「先生……」

「わしは腹を決めたのだ。何を言うても無駄じゃ。さ、帰れ」

卜漸に突き離された門弟たちは、悔し涙を拭うと、肩を怒らせて帰っていった。残ったのは、行く当てのない浪人者が六名ほど。

卜漸はその者たちに障子を閉めさせると、眼光を鋭くして、悪人面となった。

「さて、これで身軽になった。大事なのは漸鬼、お前のことだ」

「まことに大丈夫でしょうか。負け犬と言われませぬか」

心配する漸鬼に、卜漸は不敵な笑みを浮かべた。

「言いたい奴には言わせておけばよい。それより、邪魔なのは飯田の娘だ。飯田の門弟どもが、娘を孕ませたのはお前だと言いふらしているそうじゃ」

「どうなさるおつもりなのです」

「そろそろ、手を打たねばなるまい」

「まさか、殺すのですか」

「まあ、見ておれ。それより、今帰した門弟たちの家の者が怒鳴り込んでくるだろうから、門を開けておけ」

卜漸が何を考えているのか分からぬ漸鬼は、父の命じるままに、門を開けに行った。

卜漸は、残った浪人たちを手招きし、ひそひそと何かを命じると、懐から二十五両の小判を出し、手渡した。

「手はずどおりやれ」

「はは。おまかせください」

浪人たちは立ち上がり、裏から出ていった。

四

いた。

神楽坂をくだった信平は、牛込御門を潜ると、善衛門の案内で飯田町《いいだまち》に足を向けて
町と同じ名字を名乗る飯田秋宗は、町の由来となった名主《なぬし》、飯田喜兵衛《きへえ》とは縁もゆかりもなく、偶然、この地に根付いた者だ。

ちなみに、飯田喜兵衛という者は、このあたりが千代田《ちよだ》村と言われていた戦国時代、新領主として入国した徳川家康《とくがわいえやす》に土地の案内をした縁で、その後名主を命じられ、町名にもなった人物である。

で、飯田秋宗はというと、先祖は関東の侍であったが、誰の家来にもならず、戦の褒美で暮らしてきた、いわゆる野武士であった。

飯田の祖父が大坂《おおさか》夏の陣で首級を挙げ、工藤《くどう》某《なにがし》という旗本の家来になったのだが、父の代に主家が断絶となり、以後、この地に道場を開いたのだ。

善衛門が飯田道場に入門したのは八歳の時だという。当代の秋宗が木刀をにぎる頃には元服をしていたが、剣術に優れた先祖の血を受け継ぐ秋宗の上達ぶりには、善衛門をはじめ、当時の門弟たちは驚かされたと、懐かしそうに目を細めた。

「あの鼻たれ小僧が、今や先代を凌ぐ大道場のあるじですからなぁ」

会うのは十年ぶりだと言いながら、善衛門は歩を速めた。

武家屋敷に囲まれた中にある飯田道場は、先代から受け継いだ屋敷ではなく、空家だった旗本屋敷を譲り受けたもので、門構えも立派だ。

門番を雇うほどの景気の良さで、善衛門が名を告げると、程なく門弟が現れ、丁重に案内をしてくれた。

母屋の客間で待つこと四半刻《しはんとき》（約三十分）。廊下を歩む衣擦《きぬず》れも聞こえぬ足の運びで現れた秋宗が、廊下に座ると、両手をついて頭を下げた。

「葉山殿、お久しゅうございまする」

「おお、秋宗殿。久しく見ぬうちに、ご立派になられたな。少し太られたか」

「いや。お恥ずかしい」

四角。という表現が当てはまろうか。

飯田は手足が短く、がっしりとした身体つきをしている。

目鼻立ちはくっきりとして、笑みは優しく、百名を超える門弟を誇る剣の遣い手というよりは、大商人のような風貌だ。

その飯田が、信平に目を向けると、ふたたび頭を下げた。

「鷹司松平様のお噂はかねがね耳にしておりました。このようなところにお越しいただき、恐悦至極《きょうえつしごく》に存じまする」

信平はうなずいた。

「飯田殿」

「はは」

「今日まいったのはほかでもない。早坂道場との諍《いさか》いのことじゃ」

飯田は途端に、表情を曇らせた。

信平は続ける。

「町の者が迷惑をしておるのは、知っているのか」

「……はい」

「娘御の件は、善衛門から聞いた。心中穏やかでないのは察するが、町の者に迷惑をかけては、道場の名に泥を塗り、また、かえって娘御を傷つけることにならぬか」

「おそれながら、葉山殿は、どこまでご存じなのでございますか」

訊かれて、善衛門が答えた。

「神楽坂の虎と異名を取る早坂の倅に娘を孕まされたばかりか、我が子ではないと言われ、恥をかかされたと聞いている」

「そのとおりでございます」

「その腹いせに、看板を奪ったのであろう」

「はい」

「それで、看板を返す返さぬで、大きな争いになったと聞いているが」

「他には、何を」

さらに訊かれて、善衛門が口を尖《とが》らせた。

「うむ？」

「やはり、肝心なところは伝わっておらぬのですね」

飯田は肩を落とした。

「まだ、何かあるのか」

訊く信平に、飯田が答える。

「娘は、早坂漸鬼に騙されたのです。将来を誓って娘を我がものにしておきながら、いざ子ができたと知るや、逃げたのでございます」

「何ゆえ逃げる」

信平が言うと、飯田は悔しげに膝をたたいた。

「早坂漸鬼めには、許嫁《いいなずけ》がいました」

「なんじゃと！」善衛門が驚き、大声をあげた。「では、初めから——」

「所帯を持つ気など、毛頭なかったのです」

「なんという卑劣な。して、娘はそのことを知っておるのか」

「はい」

善衛門は口をむにむにとやり、男の風上にも置けぬと罵《のの》った。そして問う。

「して、縁談の相手は誰なのだ」

飯田は不安そうな顔をした。

「葉山殿、それを聞いてどうされます」

「耳に入れてやれば、破談になろう」

「お気持ちはありがたいのですが、漸鬼が認めませぬから、縁談の相手も聞く耳を持ちますまい。恥の上塗りをするようなものです」

「大物なのか」

「はい。我らのような、一介の道場主にとっては、ですが……」

「誰じゃ。何もせぬから、名前を教えてくれ」

「御先手組頭、遠藤兵衛《えんどうひょうえ》様のご息女です」

「その名は聞いたことがある。番方《ばんかた》として、市中に盗賊どもを入れぬよう取り締まっているると聞いているが、そこに婿《むこ》に入るのか」

「いかにも。剣の腕をかわれての縁談と聞いております」

善衛門は渋い顔で応じた。

「御先手組なら、武芸に優れた者を欲しがる気持ちは分かるが、道場主の倅を婿に入れるとは珍しい」

「商人の口利きと聞いております」

飯田の軽蔑を帯びた口調に、善衛門は厳しい目を向けた。

「調べたのか」

「直に動いたわけではありませぬ。百名を超える門弟がおりますと、黙っていても、耳に入るのです」

ほとんどが大名の家臣と旗本の子息ゆえ、遠藤のことを知っている者も少なくないのだ。

これが、娘の常《つね》の耳にも入ってしまい、自室に閉じ籠もって泣き暮らしているという。

信平は哀れに思い、胸が痛んだ。

善衛門も、恩師の孫を傷つけた漸鬼に怒り、手を震わせている。

信平は、神楽坂の町も心配だった。飯田親子の怒りと悲しみが癒《い》えることはないだろうが、このままでは、争う者たちだけでなく、町の者が巻き添えを食らって命を落としかねない。

「民のために、争いをやめることはできぬか」

信平が憂えをぶつけると、飯田は下を向いた。

「生まれてくる子に罪はないにしても、早坂親子だけは、許せませせぬ」

怒りのあまり、町の者たちのことは眼中にない様子。

信平は、厳しく問う。

「なんの関わりもない町の者たちがどうなろうとも、争いを続けると申すか」

飯田はやっと、信平と目を合わせた。

「相手が両手をついて詫びるまでは、許しませせぬ。されど、おっしゃるとおり、町の者に迷惑をかけては申しわけない」

「町中で争わぬと、誓ってくれるのだな」

「はい。門弟にも、しかと命じます」

「うむ」

信平は、安堵の息を吐いた。

五

神楽坂の早坂道場へは、ひっきりなしに人が出入りしている。中には顔を真っ赤にして怒り、門から出てくる者がいた。

その者たちは、卜漸の門弟たちの家の者だ。

たった今出てきた旗本の用人などは、

「これまで出資した恩を忘れおったのか」

憤慨し、共にいた御家人は、

「息子に恥をかかせおって！」

飯田道場に看板を取られたまま道場を畳むことに腹を立て、中には、道場で抜刀する者もいた。しかし、その者は卜漸の一睨みで縮み上がり、苛立《いらだ》ちの声を吐き捨てて去るのだ。

こうした騒動により、早坂道場が閉門することは、一日のうちに神楽坂中に知れ渡った。

耳にした町の者たちのあいだに、

「やっぱり、飯田道場の娘を孕ませたのは、早坂の若だってよ」

「そうそう。その腹いせに看板を取られて、廃業よ」

「馬鹿だね。何が神楽坂の虎だい。聞いて呆《あき》れるよ」

などという噂が広がった。

だが、噂をする者のあいだに浪人たちが入り、

「先生が隠居を決められたのは、町の衆に迷惑をかけぬためだ。そこを忘れるな」

泣きっ面で訴えるものだから、単純な者たちはころっと口先を変える。

「飯田がやりすぎなのだ」

「わざと神楽坂をめちゃくちゃにしていったんだぜ、あいつらは」

そして、情に厚い者は、地元の道場が負けたと、悔しがった。

それらの声を聞いた卜漸は、ほくそ笑み、

「では、次の手を打て」

例の泣きっ面で訴えた浪人に、小判を数枚渡した。

廊下を歩いていた漸鬼がその場を目撃し、部屋に入った。

「父上、何をなさるおつもりです」

卜漸は顔色ひとつ変えずに応じる。

「すべてはお前のためにすることだ。黙っておれ」

漸鬼は、小判を懐に入れた門弟の浪人に鋭い目を向けた。浪人がとぼけた顔で目をそらすのを受けて、漸鬼は卜漸に言う。

「女を斬るなら、わたしがやります」

「ほう。斬れるのか」

「……はい」

息子の様子に、卜漸が疑いの目を向ける。

「一時は相惚れだった女だ。腹の子にも情があろう」

「そのようなことは、ございませぬ」

「目を見て申せ」

父に言われて、漸鬼は真っ直ぐに見返した。

「まことに、斬れるのか」

「はい」

「それでよい。じゃが、お前はいずれ、先手組頭になる身じゃ。手を汚してはならぬ」

「父上、何とぞわたしに……」

「わしを見くびるな。お前は、逃がすつもりであろう」

「…………」

否と言えぬ息子を、卜漸は睨んだ。

「正直に申してみよ」

「何とぞ、命ばかりは」

「たわけめ！」

大喝に、漸鬼は平伏した。

「よいか、神楽坂の虎といわれたお前の剣は、先手組頭として悪党を成敗《せいばい》するためにある。せっかくの縁談を、誰にも邪魔させてなるものか。そのように悲しい顔をするな」

漸鬼は浪人を睨んだ。

「この者に、何をさせるつもりですか」

「漸鬼」

「はっ」

「お前の縁談は、わしの悲願でもある。お前を旗本にするために、わしはすべてを投げ打つ覚悟じゃ。お前の前途は開けておるのだ。女のことは忘れよ。よいな」

漸鬼は尚《なお》も何か言おうとしたが、卜漸は聞かぬ。

「下がれ」

漸鬼は唇を嚙みしめ、頭を下げて部屋から出ていった。

目で追った浪人が案じる。

「よろしいのですか」

「倅は、わしには逆らわぬ。手はずどおりにやれ」

「承知しました」

応じた浪人が立ち去るのを見ていた卜漸が、鋭い目を庭に向けた。

下僕《げぼく》が現れ、来客を告げる。

「旦那様、堺屋《さかいや》様が表で待っておられます」

「うむ。すぐにまいる」

卜漸は脇差一振りを腰に差しただけの軽装で、出かけて行った。

自室に戻っていた漸鬼は、思いつめた顔をしていたが、どうにもできぬ己の弱さに歯を食いしばり、刀を取った。庭に出て抜刀するや、己の胸にある想いを振り払うために、一心不乱に振るった。

その太刀筋たるや凄まじく、

「むん！」

気合と共に打ち下ろした刀の刃風により、植木の枝が揺れた。

屋敷を出た卜漸が堺屋と向かったのは、岩戸町の裏手にある鉄砲の稽古場だった。人が一人通れるほどの細い路地を抜け、火除《ひよ》け地を利用して作られた稽古場に入ると、発砲の轟音がした。

射撃場には、家来を連れた旗本がおり、撃ち終えた鉄砲を渡すと、別の家来が渡した鉄砲を構えた。

「卜漸、来たか」

横目で一瞥するや、鉄砲を放った。

轟音と共に煙が流れ、火薬の匂いが鼻を突く。およそ三十間先の的が砕け散ると、旗本は満足そうな笑みを浮かべ、鉄砲を家来に投げ渡した。

「お見事にございます。遠藤様」

堺屋が媚《こ》びを売るのを見た遠藤は、卜漸に問う。

「道場を畳むそうじゃな」

「はい」

「解《げ》せぬ。看板を取られたまま畳むのは、何ゆえじゃ」

「これ以上の争いは、遠藤様のご迷惑になろうかと」

「嘘《うそ》を申すな。わしに飯田の娘のことがばれるのを恐れたからであろう」

「はて、なんのことでございましょうか」

「貴様、わしを馬鹿にしておるのか」

遠藤に睨まれて、卜漸は目をそらした。

遠藤が厳しい顔で言う。

「飯田は大名家の家臣と旗本子息の門弟を大勢抱えておる。その者たちのあいだでは、漸鬼が飯田の娘を孕ませたと、もっぱらの噂じゃ。そのような噂がある者を、わしの娘婿にはできぬ。この話、なかったこととする」

卜漸の顔色が変わった。

「では、堺屋からお渡しした支度金を、全額お返しいただきましょう」

「たわけ。落ち度があるのはそっちじゃ。あの金は、迷惑料としていただく」

卜漸がじろりと睨んだその刹那、素早く抜刀して脇差を振るったかと思うと、鍔《つば》をぱちりと鳴らして納刀した。

遠藤が着ていた羽織がはらりと開き、結び目が地面に落ちた。一瞬の間《ま》に刀を二閃させ、結び目を残して斬っていたのだ。

「ひっ」

短い悲鳴をあげた遠藤が、尻餅をついた。

「お、おのれ！」

家来が刀の柄に手をかけたが、堺屋が割って入り、

「まあまあ、ここは、お互い賢くなりましょう」

両者をなだめた。

「遠藤様、あなた様は、御先手組頭を担う剣の遣い手を世継ぎに欲しいと、手前どもが紹介した早坂様の子息を望まれたのでございましょう」

「そうじゃが、悪い噂がある者を婿にはできぬ」

「今の技を見られましたか。漸鬼様は、お父上を凌ぐ遣い手なのです。町道場の小娘を孕ませたことぐらいで手放すには、あまりにも惜しい逸材ではございませぬか」

堺屋に手を差し出されて、遠藤は払った。家来の手を借りて立ち上がると、不服そうな顔をしながらも、やはり、娘婿には剣の遣い手が欲しいらしく、不機嫌な口調で言う。

「娘婿にしてほしければ、噂の根源を断て」

堺屋は腰を折り、下から覗き込むようにして応じた。

「わたくしめに、おまかせを」

「ただし、わしは一切関わりないからな。綺麗さっぱり片づいたら、屋敷に知らせよ」

「かしこまりました」

堺屋が頭を下げると、遠藤は卜漸を一瞥して、家来を引き連れて帰った。

頭を上げた堺屋が、苦笑いを卜漸に向ける。

「やれやれ、あのお方の臆病には、困ったものです。早坂様、ここはひとつ、飯田親子に頭を下げられたらどうですか。手切れ金なら、手前が預かっているもので十分だと思いますが」

卜漸は不機嫌に告げる。

「勘違いをするな。騙されたのは、我らのほうなのだ」

「ええ？」

「忘れたか、わしと飯田の仲を」

「覚えておりますとも。お二方は剣の流派は違えど、良き剣友でございましたから」

「そうじゃ。それゆえ、漸鬼は飯田の娘と仲ようしておった。しかしそれは、妹のように思うていたからだ」

「それが、恋仲になったと」

「そうではない。漸鬼の縁談が決まり、旗本になることに飯田が嫉妬《しっと》したのだ。奴は、漸鬼に惚れている娘をそそのかし、子を孕めば、一緒になれるとでも言うたに違いない」

「まさか」

娘をそのようなことに利用するとは、堺屋には思えなかったようだ。疑いの目を、早坂に向けている。

卜漸は、そんな堺屋の目を見て告げる。

「並の者ならば、そう思う。だが奴は違う。幾度か漸鬼を呼び出し、お膳立てをしおったのだ」

「二人を、睦《むつ》み合わせたと」

「漸鬼も年頃の男だ。女に誘われたら、間違える」

「それは、知りませなんだ」

「当然だ。今初めて他人に話した」

「そのことを、遠藤様におっしゃるべきでは」

「言いわけにしか聞こえぬ。この噂を断ち切るには、飯田を潰すしか手はない」

「何か、策がおありなので」

卜漸はそれには答えずに、きびすを返した。

「早坂様、お待ちを、早坂様」

堺屋は卜漸を追って鉄砲の稽古場から出たのだが、細い路地を歩む足に付いて行けず、とうとう見失ってしまった。

武家屋敷前の道に出た堺屋は、不安そうに道の先を見ながら、

「悪いことが起きなければいいが」

そうこぼしたものの、わたしじゃどうすることもできないと独りごちて、店に帰った。

六

事件は、その翌日に起きた。

旗本次男坊の徳山龍之真《とくやまりゅうのしん》が、友の家に遊びに行った帰り道、辻の土塀の角からつと現れた曲者《くせもの》に、飯田道場の者かと問われ、

「いかにも」

そう答えた刹那、いきなり腕を斬られたのだ。

深手を負い、その場に倒れた龍之真を見下ろした覆面《ふくめん》の曲者は、脇差を抜いて震える供の者に切っ先を向けた。

「道場を畳まねば怪我人《けがにん》が増えると、飯田秋宗に伝えよ」

「お、おのれ、早坂の手の者か」

龍之真の問いには答えず、曲者は去った。

同じ日、別の場所でも飯田の門弟が斬られ、次の日は、一日で三人の門弟が傷を負わされた。

いずれも命に関わりはないのだが、中には筋を切られ、二度と刀をにぎれぬ重傷者が出ていた。

この流血事件においては、目付役が動いた。

神楽坂の早坂道場を訪れた目付役は、

「早坂卜漸、飯田道場の門弟を斬ったのは、貴様であろう」

鋭い口調で、決めつけて言う。

それに対し、早坂は動じることなく神妙に答えた。

「わたしは、屋敷から一歩も出ておりませぬ。ご覧のとおり、当道場はすでに閉門しております。飯田道場の門弟を襲うた者が、わたしどもを閉門に追いやった飯田に恨みを持ってしたにしても、もはや、関わりのなきこと」

目付役は厳しい顔で告げる。

「誰も門弟のことなど聞いておらぬ。貴様がやったのかと問うておるのだ」

「腹いせに、でございますか」

「そうじゃ」

「ご冗談を。今は、閉門して楽隠居の身、恨みなど露《つゆ》ほども抱いておりませぬ」

「息子はどうだ。神楽坂の虎と異名を取る、血の気が多い者と聞いておるが」

「あれは、御先手組頭の遠藤兵衛様のご息女との縁談が決まっておる身。馬鹿なことはいたしませぬ」

「そのことよ。飯田の娘の腹には、息子の子がおるそうじゃな」

「それも、飯田殿が一方的に言われていること。まことに息子の子かどうかは、分かりませぬ」

「にしても、縁談の邪魔になっておろう」

「言いがかりを付けられ、看板まで奪われたのです。傍《はた》から見れば、恨んで復讐《ふくしゅう》をしても当然と思われましょうが、わたしが道場を畳む決断をしたのは、鷹司松平様のお言葉を頂戴したのがきっかけにございます」

「何……」

信平の名を聞き、目付役は怯《ひる》んだ。

「何を言われたのだ」

「民のために、神楽坂での争いをやめよ。それだけにございます」

信平らしい言葉だと同輩が言ったが、尋問をしていた目付役は、疑いの目をやめなかった。

「あのお方の名を使い、我らを欺《あざむ》こうとしてもそうはいかぬぞ」

「嘘など申しておりませぬ。ただ、道場を畳むことを悔しがる者が多《おお》ございましたので、あちらの門弟に恨みをぶつけた者がおるのやもしれませぬ。そこは、認めまする」

「なるほど。道場を閉門したのは、血の気が多い旗本と御家人が、飯田方を襲うとふんでのことか」

「まさか、とんでもない。それでは、民のために、とおっしゃった鷹司松平様のお言葉に反することになります」

「ええい、黙れ！　どこまでも白《しら》を切るつもりか」

「事実を申し上げているのです。仮に、閉門したことでかつての弟子が飯田を恨み、此度のようなことをしでかしたのでありますれば、それは、留守を狙《ねろ》うて道場に押し入り、看板を奪い、我が道場の名を傷つけた飯田秋宗こそが、真の悪ではございませぬか。あのようなことがなければ、遺恨《いこん》は生じなかったのです」

卜漸が熱を込めて訴えると、目付役の二人は、もっともなことだと思ったのか、顔を見合わせた。

「では、まことに関与しておらぬのだな」

「はい」

「やった者に、心当たりはないのか」

「分かりませぬ。しかし、かつての門弟は、旗本と御家人のご子息。将軍家直臣の誇り高き方々でございますので、よほど、道場の名を傷つけられたのが悔しいのでございましょう」

「閉門を告げた時、大勢の者たちが押しかけたそうだな」

「はい。特に旗本の皆様には、酷《ひど》く叱られました」

「中でも、特に怒っていた者は」

「気持ちは、皆様同じのようでございましたが」

「さようか。では、一人ひとり当たってみるとしよう」

「お待ちを」目付役が立ち上がるのを、卜漸が止めた。「わたしはすでに隠居し、門弟とは縁が切れた身。息子の縁談の妨げになるようなことだけは、おやめいただきとう存じます」

そう言って、手箱から出した百両もの大金を差し出すと、二人は目を見張った。

尋問をしていたほうが、怒りを面に出して告げる。

「おのれ、我らを買収する気か」

「それは、罪をもみ消してほしい者がすること。わたしは、早坂道場の名をお忘れ願いたいと、申し上げているのです」

「あくまで、関わりないことと申すか」

「はい」

「かつての門弟が、おぬしの無念を思うてしていてもか」

「負け犬の老いぼれめを訪ねる者はなく、そうは、思えませぬ」

卜漸が、受け取ってくれと言って百両を差し出したが、目付役の二人は、手を付けずに帰った。

目付役が信平の屋敷を訪ねて来たのは、屋根に薄っすらと雪が積もった寒い日のことだった。

木更津《きさらづ》と西尾《にしお》と名乗った二人は、突然来たことを信平に詫びると、早坂卜漸について訊いてきた。

「あの者は、かように申しておりましたが、相違ございませぬか」

木更津は、早坂が道場を畳んだ理由のひとつに、争いをやめるよう告げた信平の名を出したと言い、確かめたのだ。

「間違いない」

信平が答えると、木更津は真顔で問う。

「本人に、お会いなされたのですか」

「いや、門弟に伝えただけじゃ」

「さようでございましたか」

木更津はうつむき、がっかりして肩を落とした。

「いかがした」

信平が訊くと、木更津が顔を上げた。

「おそれながら、信平様が早坂にお会いになられたのであれば、ご意見を賜《たまわ》ることができるかと思い、本日はまいったのでございます」

「さようか。早坂殿には会うておらぬ」

「では、此度の一件、信平様はどう思われておられますか」

信平が答える前に、共にいた善衛門が口を挟む。

「木更津殿、西尾殿は、殿の手を借りにまいられたのか」

木更津がうなずく。

「早坂という男は、なかなかにしたたかな男です。飯田の門弟を襲った者を早急に見つけ出さなければ、大きな争いになるのではないかと思いましたもので」

考えを聞きたいと頭を下げる目付役を廊下から覗き見した五味が、膝を擦って居間に後ずさりした。

「信平殿はついに、目付役に頼られるようになったか」

そのうち大目付が来ますな、と、お初に小声で言って微笑み、沢庵《たくあん》をかじって茶をすすった。そして続ける。

「それにしても、息子が通っていた道場のために、旗本や御家人が辻斬りめいた真似をしますかね」

お初が指を口に当てて、しぃ、とやったが、遅かった。この声は、信平たちにまる聞こえだった。

五味は笑った。あえて、声を大にして疑問を投げかけたのだ。

善衛門が咳ばらいし、

「という声があるが、どう思われる」

目付役の二人に問うと、西尾が答えた。

「早坂道場に子息を通わせていた旗本は、飯田道場とは違い、御先手組や新番衆が多ございます。その者たちの息子が通う道場が、看板を奪われたまま潰れるのは耐えられない屈辱ではないかと」

「それで、何者かが仕返しをしたと申すか」

信平が訊くと、二人はうなずき、木更津が伝える。

「早坂卜漸は、息子の婿入りが破談にならぬかと案じるばかりで、かつての門弟とは、関わりたくない様子でございました」

「して、かつての門弟を調べられたのか」

「はい。ですが、皆知らぬ存ぜぬで、ほとんどの者が、早坂のほうを罵っておりました」

「わざと罵っているということはないか」

信平の疑念に、木更津は首をかしげた。

「そのようには、思えません。ただ、気になることが」

「うむ」

「飯田の娘が子を宿したのは、早坂の息子が旗本に婿入りするのを妬《ねた》んだ飯田が、邪魔をするために仕組んだという噂が立っております」

これには善衛門が怒った。

「馬鹿な、そのような真似をする男ではない。誰かが飯田殿を陥れるために噂を流しておるに違いないぞ。よう調べられよ」

木更津が真顔で応じる。

「噂の出所は分かっております」

「早坂であろう」

決めつける善衛門に、木更津は首を横に振った。

「いえ、神楽坂の豪商、堺屋文右衛門《ぶんえもん》です」

「何者なのだ」

「油問屋ですが、少なからず旗本に金を貸しているらしく、かなり顔がきく人物です」

「早坂のことも知っているのではないか」

「はい。早坂の息子の縁組は、堺屋の仲介だといいますので、繋がりは深いと見てよいでしょう」

「そこまで調べられたか」善衛門が、さすがは目付役だと感心した。「貴殿らは、殿にお訊《たず》ねするまでもなく、早坂の関与を疑っているのではないのか」

「疑いはしています。しかしながら、腑《ふ》に落ちぬこともございます。話を飯田の娘のことに戻しますが、双方の門弟の話を聞く限り、漸鬼が手籠《てご》めにしたとも思えませぬ」

「当然じゃ。夫婦《めおと》になると、騙しておったのだからな」

「我々は、堺屋のことも調べましたが、文右衛門は根っからの正直者。早坂に加担しているとも思えませぬ。子を宿したのは飯田が仕組んだことだという噂は、嘘ではないのではないかと思っています」

善衛門は絶句し、口をむにむにとやる。不服を言おうとするのを、信平が制して告げる。

「それを見越して、誰かが堺屋の耳に入れたとは考えられぬか」

これには西尾が答えた。

「考えられます」

「堺屋が流した噂は、飯田殿の耳にも届いているのか」

「おそらく、届いておりましょう」

「娘想いの飯田殿が、怒りにまかせて動かねばよいが」

信平がそう憂えた時、佐吉が廊下に片膝をつき、来客を告げた。

「木更津殿に火急の知らせが来ております」

「わたしに？」

木更津が信平に頭を下げ、佐吉と共に表玄関に向かった。

程なく戻った木更津が、険《けわ》しい顔で信平に告げる。

「飯田秋宗が、堺屋に斬り込みました」

「何！」

善衛門が驚き、立ち上がった。

「一足遅かったか。善衛門、まいるぞ」

信平は狐丸を取り、急ぎ屋敷を出た。

七

「お、お助けを、命ばかりはどうか」

喉元に刃を当てられた堺屋文右衛門が、恐怖に目を見開き、引きつった顔で懇願した。

鬢を乱し、まるで幽鬼《ゆうき》のような姿の飯田秋宗は、白昼店に乗り込むと土足で上がり、部屋にいた文右衛門に迫った。

止めようとした三人の用心棒を斬り殺し、白い着物は返り血に染まっている。

店を飛び出した奉公人が自身番に駆け込み、町役人たちと岡っ引きが店に急いだ。

まずは岡っ引きが中に入り、様子を探ろうとしたのだが、その気配に気付いた飯田が、文右衛門から奪っていた短筒《たんづつ》を撃った。

「うわ！」

岡っ引きは驚き、身を伏せた。

「親分、だめだ、だめだ」

下っ引きにしがみ付かれた岡っ引きは、二人で転げるように外に出ると、奉行所に走った。

町役人たちは恐れて、遠巻きに見ているだけだ。

店の中では、脂汗を浮かべて恐怖に震える文右衛門を、飯田が責めた。

「何ゆえ、ありもしない噂を流した」

「ご、ご勘弁を」

飯田がすっと刀を引き、喉の薄皮を切ると、文右衛門は悲鳴をあげた。

「申せ！」

「話を聞いたものですから、つい、お客に……。信じてください。悪気はなかったのです」

「そのようなことはどうでもよい。話は、早坂卜漸から聞いたのか」

「は、はい」

「奴の嘘を確かめもせず、人に話したのか。それとも、噂を流すよう頼まれたのか」

「お許しを、お許しを」

「黙れ！」飯田は懐から細帯を出し、文右衛門に見せた。「おのれが言いふらしたせいで、今朝方、娘がこれで首を吊った」

「そ、そんな」

「おのれのせいで、腹の子も死んだのだ！」叫ぶなり、帯を首に巻いて絞め上げた。

文右衛門は歯を食いしばって苦しみもがいたが、息ができず、目を充血させ、真っ赤だった顔が赤紫に変わり、口から舌が出て、よだれが垂れはじめた。

「あの世で、娘と子に詫びろ！」

飯田は、泣きながら文右衛門を絞め殺そうとしたのだが、裏から駆け込んだ浪人たちに気付き、帯から手を離して刀をつかんだ。

「てや！」

浪人どもは、刀を抜こうとした飯田に斬りかかった。

飯田は鞘で刃を受けたものの腹を蹴られ、仰向けに倒れた。そこへ打ち下ろされた刀を鞘で受け、押し返そうとしたものの、上からのしかかるように押さえつけられ、動きを封じられた。その隙に、別の浪人が歩み寄り、片膝をつく。そして、飯田の脇腹に刀を突き入れた。

「ぐう、く、おのれ」

腹を突かれた飯田が激痛に呻き、死力を尽くして、上からかぶさる浪人を押し上げたのだが、切っ先を下に向けた浪人が、胸を突いた。

飯田は目を見開き、血に染まる歯を食いしばって一太刀浴びせようとしたのだが、力尽きた。

命を救われた文右衛門が、咳き込みながら、浪人たちに手を合わせて礼を言った。

その目の前に、刃を突き出された。

「な、何を――」

なさいます、という声も聞かずに、浪人は文右衛門を斬殺した。

そして、冷酷な眼差しで二人の死骸を見下ろすと、血振るいをして納刀し、堂々と表から出た。

残っていた町役人たちが身構える。

浪人の一人が歩み寄り、

「飯田秋宗は我らが退治したが、あるじは救えなかった。あとはまかせたぞ」

悔しげに告げると、町役人たちが止めるのも聞かずに立ち去った。

信平たちが駆け付けたのは、町奉行所の者たちが到着する前だった。

外にいた町役人たちが、同心の五味を見てすがるように駆け寄ると、見聞きしたことをしゃべった。

「何を言っているのかよう分からん。落ちついて、初めから聞かせてくれ」

耳をかたむける五味の後ろをすり抜けた信平は、善衛門と店の中に入った。

奥の部屋に行くと、用心棒が次の間で死んでおり、その先に、文右衛門と飯田が倒れていた。

あとから入った木更津が文右衛門の首に手を当てて、首を振った。

飯田を調べた西尾が、

「まだ息があります」

言うや、しっかりせい、と声をかけ、頬をたたいた。

「秋宗殿！」

善衛門がそばに行くと、秋宗が薄目を開け、懐から、血に染まった文を出した。

「ゆ、許せ、ませんでした。し、しかし、堺屋を斬ったのは、斬ったのは――」

斬った者の名を言いかけて、飯田はこと切れてしまった。

「秋宗殿――」

悔しがる善衛門の肩に、信平はそっと触れた。そして、善衛門の手から文を取り、目を通した信平は、鋭い目を上げた。

「娘が、自害したそうだ」

「なんと」

絶句する善衛門に、信平は告げる。

「飯田殿は、死ぬつもりでここへ押し入ったと書き残している。これは、噂が嘘であることを、死をもって世に訴えるための遺言じゃ」

「しかし、秋宗殿は堺屋を斬っておらぬと」

そこへ、五味が入ってきた。

「飯田殿を斬ったのは、浪人だそうです」

「浪人？」

信平が訊くと、五味がうなずく。

「店から浪人が出てきて、飯田を斬ったと告げて、止めるのを聞かず去っていきます」

骸を見た五味は、惨《むご》い、とこぼし、手を合わせた。

「用心棒を三人雇っていたそうですが」五味が、倒れている浪人たちを見た。「どうやら、この者たちのようですね」

「では、去った浪人は何者なのだ」

木更津が問うと、西尾が分からないと言い、首を振った。

この時になってようやく、町奉行所から人が来た。

五味が、上役の顔を見て舌打ちした。

「遅いですよ、出田さん」

「そう言うな。丁度《ちょうど》別件で出張《でば》っていたのだ」

出田が信平に頭を下げると、惨状を見て顔をしかめた。

「酷いな。おい、運び出せ」

出田が配下の者に命じ、人が大勢入ってきた。

信平は、善衛門の肩をたたいた。

「善衛門、佐吉、まいるぞ」

二人を促して外に出たところで、追って出た善衛門が問う。

「殿、どちらに行かれます」

信平は、飯田の文を渡した。

「裏を見よ」

善衛門が文を返し、目を見張った。文に、血文字が書かれていたのだ。

「飯田殿と常殿の無念を、晴らしてやろうぞ」

信平はそう告げると、神楽坂を上がった。


早坂道場では、戻った刺客から話を聞いた早坂卜漸が、上機嫌で酒を飲んでいた。

「娘を自害に見せかけて殺したのは、名案であった。飯田め、噂を苦にして死んだと思い、まんまと策にはまりおった」

「堺屋を使われた先生の頭の良さには、感服いたします」

「なぁに、あ奴は口が軽いゆえ、利用したまでじゃ。明日にでも、預けている金を取り戻しに行かねばなるまい。この、一万両の証文を持ってな」

「死人に口なし。五千両の儲けになりますか」

「ふふふ、うまくいけば、たっぷりと礼をやる。楽しみにしておれ」

くつくつと笑う悪党どもの背後で、外障子が開けはなたれた。

「何奴だ！」

浪人が刀をつかんで立ち上がり、目を見張った。

庭で夕日を浴びる信平の目は鋭く、凄まじい剣気を放っていたからだ。

「今の話、しかと聞いた」

「き、貴様、何者だ」

「身重の女を殺す外道《げどう》に名乗る名などない。覚悟いたせ」

「ふん、馬鹿な奴だ。一人で我らに敵うと思うな」

浪人がほくそ笑んだ時、横の襖が開けはなたれた。

鴨居の上に顔がある佐吉の大きさに啞然とする浪人たち。その者たちの前に善衛門が歩み出て、抜刀した。

「許さぬぞ、悪党ども。三代将軍家光公より拝領の左門字《さもんじ》で、成敗してくれる」

家光の名に卜漸は驚いたが、浪人たちは、一斉に抜刀した。

「斬れ！」

卜漸が命じるや、浪人が善衛門に斬りかかった。

「とりゃぁ！」

正眼に構えた左門字を振るった善衛門が、相手より先に打ち下ろし、袈裟懸けに斬った。

斬られた浪人は、空振りした刀の切っ先を下に向けたまま、善衛門に驚いたような顔を向けたが、呻いて倒れた。

「見たか、これが飯田の一刀流じゃ！」

切っ先を他の浪人に向けた善衛門が言い、前に出る。

その善衛門の背後から斬りかかろうとした浪人がいたのだが、佐吉に背中を鷲《わし》づかみされ、片手で投げ飛ばされた。

障子を頭から突き破った浪人は、庭まで転げ落ちて悶絶《もんぜつ》した。

別の浪人が佐吉に斬りかかろうとしたが、抜刀した大太刀を見てうっと息を呑み、後ずさりした。

「どうした。来い！」

怒鳴る佐吉。

その背後から、隙を狙っていた別の浪人が斬りかかった。だが、それは佐吉の誘いであり、打ち下ろした刀を片手で弾き飛ばされ、大太刀で袈裟懸けに斬られた。

二人の浪人が信平に向かって来たが、狩衣の袖を振るって身を転じた信平が浪人の背後に立った時、二人の浪人は刀を落とし、呻いて倒れた。

信平の左手から出ている隠し刀が、西日を反射して光った。

それを見た早坂卜漸が目を細め、抜刀した。

「妖しげな技を遣うそこの狩衣の男。殺す前に、流派を聞いておこうか」

信平が答えずにいると、善衛門が前に立った。

「殿、こ奴はわしが」

左門字をにぎった右手を大きく横に広げるように回して、正眼に構えた。

すると、薄ら笑いを浮かべた早坂が、刀をにぎった右手を下げ、刃を外側に向けた。

「えい！」

善衛門が左門字を袈裟懸けに打ち下ろすのを、

「おう！」

卜漸が払い上げた。と、その刹那、喉を狙って突いてきたのを、善衛門は飛びすさりながら払い、両者はふたたび対峙した。

大きく目を見開いた卜漸が長い息を吐き、右手を下げた構えを取るや、

「てや！」

下から斬り上げると見せかけて、足を狙って刀を一閃させた。

善衛門は左門字の切っ先を右下に向けて受け止め、転じて刀身を滑らせ、下から斬り上げた。

見事に、逆袈裟斬りで腹から胸にかけて斬られた卜漸は、呻いて突っ伏した。

「飯田の無念を、思い知れ」

善衛門が、倒れた卜漸に言いながら、葵《あおい》の御紋が輝く鞘に、左門字を納刀した。

信平は、凄まじい気配に鋭い目を向け、

「善衛門！」

叫ぶや、突き飛ばした。

鉄砲の轟音が空気を揺るがしたのは、その時だ。

弾は外れ、床の間の陶器を粉砕した。

舌打ちをして鉄砲を投げ捨てた若者が、抜刀して廊下に駆け上がると、気合をかけて信平に斬りかかった。

その太刀筋は鋭く、信平の狩衣を裂いた。

「殿！」

「寄るでない！」

信平は善衛門を遠ざけ、佐吉に手の平を向けて止めた。

「そのほうが、神楽坂の虎か」

「いかにも」

信平は鋭い目を向け、狐丸を抜いた。

「何ゆえ、父を止めなかった」

漸鬼は目を充血させ、鬼の形相になっている。

「邪魔をする者は生かしておかぬ。それだけのことだ」

「それが、我が子を宿した女でもか」

「ふん。知らぬことじゃ」

「では、何ゆえ泣く」

見つめる信平に、漸鬼は寂しい笑みを浮かべた。

「黙れ」

吐き捨てるなり、信平に斬りかかった。

信平も前に出て、両者がすれ違って離れた。

信平の背後で、腹を打たれた漸鬼が膝をつき、

「これで、楽になれる」

そう言い残すと、脇差を抜いて首を斬った。

信平は目を閉じ、ひとつ息を吐くと、峰に返していた狐丸を納刀した。

漸鬼は、笑うような顔をして倒れていた。そして、刀をにぎり締めていた手には、赤い何かが見えた。

それを見た善衛門が、

「これは、安産を願うお守りです」

そう言うと、漸鬼の肩をつかみ、身体を揺すった。

「何ゆえ、守らなんだ。何ゆえ……」

信平は、肩を震わせる善衛門の背中に、そっと手を差し伸べた。

「欲というものは、人の目を曇らせるのじゃ」

冷たい風に頬をなでられた漸鬼の目尻から、一粒の涙がこぼれ落ちた。

第三話　天下の茶碗《ちゃわん》

一

寒さもやわらぎ、信平の屋敷の梅は満開を迎えていた。

月見台に敷かれた緋毛氈に座っている松姫は、小鳥が楽しげに歌いながら、じゃれあうように飛ぶ姿を見上げて、唇に笑みを浮かべた。

鷹司松平信平は、松姫の笑みにつられて空を見上げ、仰向けになった。目を閉じ、小鳥たちのさえずりを聞いていると、心地よくなってくる。

閉じた瞼《まぶた》に影が差したので目を開けると、松姫が微笑んだ。

「旦那様、もうすぐ、桜の季節になりますね」

「うむ」

「今年も、上野山《うえのやま》の桜を見とうございます」

「では、湯島天神に参詣《さんけい》して、上野に足を延ばそう」

「久しぶりに、徳三郎《とくさぶろう》の店に寄りたいのですが」

「それは良い。大門屋《だいもんや》には、ずいぶんと世話になっておきながら、無沙汰《ぶさた》をしている。松の顔を見れば、喜ぶであろう」

「楽しみです」

松姫は、気持ちよさそうな顔で空を見上げた。

「屋敷を抜け出して浅草《あさくさ》に行った頃のことが、昨日のように思い出されます」

「大門屋は、肝を冷やしていたであろう」

二人は顔を見合わせて、くすりと笑った。

「殿、殿はおられるか」

屋敷の奥から、善衛門の声がした。

「あの声は、何かあったようじゃ」

信平が起き上がると、廊下にいた善衛門が気付き、

「おお、そこにおられましたか」

急いで来ると、緋毛氈を避けて片膝をついた。

信平は、善衛門がしゃべる前に、朱塗りの盃《さかずき》を差し出した。

「今日は梅が綺麗じゃな」

「さようでございますな」

盃を受け取った善衛門は、松姫の酌《しゃく》を恐縮して受け、飲み干した。

「奥方様に酌をしていただきますと、格別に旨いですなぁ」

などと言ったが、信平が用事かと訊くと、真顔になった。

「そうでござった。近頃はどうも、すぐに忘れてしまいます」

「何かあったのか」

「さよう。殿が玉奏寺《ぎょくそうじ》の茶会に招かれたと、佐吉から聞きました」

「うむ」

「明日というのは、まことでございますか」

「そうであったな」

善衛門は、口をむにむにとやった。

「そうであったな、ではございませぬ。言うてくださらねば、支度ができぬではございませぬか」

「支度がいるのか」

善衛門が、唖然とした。

「まさか、しておられませぬのか」

「何がいるのじゃ」

「鷹司松平家の当主たるもの、手ぶらではいけますまい」

「では、善衛門にまかせる」

呑気な信平に、善衛門は苛立ちを隠さず顔を歪めた。

「手土産だけではございませぬぞ。お召し物はいかがなさいます」

「いつもの狩衣でよかろう」

「まあ、それはそうですが。して、殿、佐吉は使いの者は来ていないと申しましたが、どのように誘われたのです」

「和尚《おしょう》に誘われたが」

「覚念《かくねん》和尚から、直に誘われたのですか」

「うむ」

「来られたのですか」

「いや、通りすがりじゃ」

「と、通りすがりですと！」

善衛門が愕然とした。

「いかがしたのじゃ」

「覚念和尚といえば、大名も茶会に招かれるのを望むほどの茶人。通りすがりに誘われたなど、あり得ませぬ。殿に対しても、無礼でござろう」

「さようか。しかし、麿を誘うてくれたのは、確かに和尚だったが。旨い茶でもどうかと申されてな」

善衛門は、安堵したような顔をした。

「では、正式な茶会ではのうて、殿と茶を飲みたいだけかもしれませぬな」

「今山道真《いまやまみちざね》殿も来られるらしいが」

「なんですと！」善衛門が目を見張った。「高家《こうけ》の、今山殿ですか」

「うむ。会うたことはないが、茶の湯に長《た》けているらしいな」

「名の知れた茶人です。茶器も、名物ばかりを持っているという人物ですぞ。今山殿が参加されるとなると、茶道具を持参するよう言われませなんだか」

「うむ、言われた」

善衛門は眉尻を下げ、困った顔をした。今日は表情がよく動く。

「それを先に言うてくだされ。となると、呑気に構えている場合ではございませぬ。

殿はひとつも持っておられぬのですから、すぐ買いにまいりませぬと」

「茶器なら、ございます」

松姫が言うと、善衛門がすがるような顔を向けた。

「奥方様、それはまことにございますか」

「はい。父上から譲り受けている天目茶碗《てんもくぢゃわん》がございます」

「て――」善衛門がぎょっとした。「国がひとつ買えるといわれた、紀州様の天目茶碗でございますか」

「国が買えるかどうかまでは存じませぬが、茶碗はあります」

「それならば、誰にも引けを取りませぬ。ご用意をお願いいたします」

「ならぬ」信平が止めた。「あの茶碗は、松の大切な宝。人に見せる物ではない」

子宝に恵まれる縁起のいい茶碗であるのを知る信平は、家宝にすると、夫婦で決めていたのだ。それゆえ、松姫は微笑み、うつむいた。

「では殿、いかがいたします」

「案ずるな。茶碗なら、持っている」

「…………」

どこに、という顔をする善衛門に、信平は笑みを見せただけで、茶碗を見せなかった。

見せれば、このような物を持って行くつもりかと、怒られる気がしたからだ。それほどに、変わった茶碗であるが、信平は、たまたま買い求めていたのだ。

その時は、茶会に持って行く気など露ほどもなく、ただ、興味がわいたので買ったにすぎなかった。いわゆる、衝動買いである。

しかも、瀬戸物屋ではなく、古道具屋でもない。道端に品を並べて商売をしていた老爺から買った物で、善衛門が値段を知れば、手ぶらで行く方がまし、という程度の物だ。

茶会には相応《ふさわ》しくなくとも、信平は、それで十分だと思った。茶会で見栄《みえ》を張る気など、はなから持ち合わせていないのである。

善衛門の心配をよそに、呑気な信平を見て、松姫はくすくす笑っていた。

そして茶会の当日、信平は、木箱もない茶碗を布で包み、佐吉に持たせて出かけた。

玉奏寺は同じ赤坂にある古い寺で、境内には銀杏《いちょう》の大木が聳《そび》えている。明暦の大火で本堂が焼けなかったのは、本堂を囲む銀杏のおかげだといわれ、寺に逃げて生き延びた土地の者たちからは、銀杏《ぎんなん》寺とか、銀杏和尚といわれて親しまれているという。

山門で迎えてくれた小僧の話を聞きながら、まだ新芽が芽吹かぬ銀杏の大木の下を歩み、信平は本堂へ向かった。

立派な瓦屋根《かわらやね》の本堂の正面には、武家の駕籠が止まり、羽織袴《はかま》姿の侍が降りるところだった。

大身《たいしん》の旗本らしきその男は、本堂に上がって寺の僧と談笑すると、中に入った。

家来たちと駕籠が正面から去ったところで信平が行くと、小僧が先に上がり、戸口にいた寺の僧に来訪を告げた。

若い僧はその場に座って頭を下げ、信平を迎え入れた。

佐吉とはここで別れることになるため、信平は茶碗を受け取った。

「どうぞ、こちらへ」

小僧に代わった僧に案内されたのは、庭が見事な離れ屋だった。畳敷きの大廊下を歩み、奥へ行くと、三十畳の広間には、すでに十名の客が集まっていた。

一同は、信平を見ると私語をやめ、居住《いず》まいを正した。

「遅くなりました」

信平が頭を下げると、一同も頭を下げる。

若い僧に示された場所は、上座だった。

将軍家縁者ということで、皆硬い表情をしているのだろうか。

気をつかっているのが伝わり、信平は、内心恐縮した。

ひとつ空咳をした四十代の侍が、信平に膝を転じて、頭を下げた。

「それがし、将軍家直参旗本、真下彦十郎《ましたひこじゆうろう》と申しまする。以後、お見知りおきを」

これを機に、全員が自己紹介をはじめた。

真下は五千石の大身で、他の者も皆、三千石以上の大身ばかりだった。

その中でただ一人、鬢に白髪が目立つ五十過ぎの商人がいたのだが、この者は、浅草蔵前《くらまえ》の札差《ふださし》、中屋《なかや》忠左衛門《ちゆうざえもん》と名乗り、信平に、人を見くだしたような目を向けた。

それもそのはず、中屋忠左衛門は、大火のあと、その豊富な資金を大名旗本に貸し付けて金利を取り、莫大《ばくだい》な財を成していた。

今やその財力は、万石の大名も頭を下げると言われており、膝の前にずらりと並べた茶器は、見る者が見れば、天下の名品ばかりだった。

どうやら、ここにいる旗本たちは、中屋に頭が上がらぬらしい。信平に気をつかっていたというよりは、中屋の態度に合わせていたといえる。

それは、信平に形式的なあいさつをした中屋が口を開いたのを機に、旗本たちが会話をはじめたからだ。

内容は茶道具のことで、当然、中屋が注目されている。

だが、最後の客が廊下に現れるや、中屋の態度が一変した。

「これはこれは、今山様」

腰を折って歩み寄ると、揉み手をして出迎えた。

「おお、中屋、久しいのう。ちと、遅うなった」

「いえいえ、皆様も今来られたばかりですので、お気になさらずに。ささ、こちらへ」

自分の隣に案内した。

信平の正面に座った今山は、じろりと目を向け、軽く頭を下げた。

「鷹司、松平様にございますか」

「はい」

「今山道真にござる」

信平がうなずくと、

「今山様は、高家でございますぞ」

中屋が、したたかな目を向けて口を挟んだ。

「これ、中屋、鷹司殿は将軍家縁者であるぞ。わしなど、足下にも及ばぬ身じゃ」

今山がそう告げた。しかしながら、言った本人が信平を羨望の眼差しで見ていないのは、誰の目にも明らかであった。

中屋は首をすくめ、舌で唇を舐めるような表情で信平を見た。

「さようでございましたな。紀州様の姫を娶《めと》られ、たいそうなご出世。失礼ですが、鷹司様の禄高《ろくだか》は、いかほどですか」

信平が答えずにいると、

「これ、よせと申しておろう」

今山が止めたが、中屋は聞かなかった。

「当ててご覧に入れましょう」そう言うと、指を三本立てた。「三千石。どうですか、鷹司様」

隠したところで、どうせ知っていると思った信平は、正直に教えた。

「千四百石の領地を賜っておる」

すると、中屋が眉根を寄せて、気の毒そうな顔をした。

「それは、大変でございますな。あれだけの御屋敷で千四百石ですと、足りぬのではございませぬか」

「はて、麿は知らぬことじゃ」

信平は惚《とぼ》けた。

「さぞかし御用人は苦労されておられましょう。今日お目にかかれたのも、御仏《みほとけ》のお導き。入り用がございましたら、この中屋忠左衛門にお声かけくださいませ。いくらでもご用意いたします」

「さようか」

信平があしらうように言い、相手にせずにいると、中屋が膝を進めてきた。

「ところで、鷹司様。今日は、茶器をお持ちになられましたか」

「うむ」

中屋が笑みを浮かべ、今山に振り向いた。すると、今山が僅かに顎を引き、信平に問う。

「鷹司殿、中屋から聞いたのですが、紀州様は、天目茶碗を嫁入りの道具としてお持たせになられたというのは、まことでございますか」

「確かに、賜っておる」

すると、その場にいた者たちがどよめいた。

「して、今日は、持って来られましたか」

今山が包みをちらりと見て、探るような目を向けてきた。

「あれは妻の大切な茶碗ゆえ、持って来ておらぬ」

信平がそう言うと、中屋が落胆の色を浮かべ、今山も不機嫌になった。

今山が、ため息まじりに言う。

「まあ、そうでありましょうな。鷹司殿が来られると聞いて、もしやと期待しておりましたが、紀州様の姫は、触ることもお許しになられませぬか」

「いや、そのようなことは――」

「京からまいられて、御三家の姫を正室になされたのですから、さぞ、肩身が狭い暮らしをしておられるのでしょう」

信平の声を制するように今山が声をあげた時、廊下に人が座った。

若い僧が、支度が整ったと告げ、別室に案内するという。

「ささ、鷹司殿、お先に」

「うむ」

信平は、今山に促されるまま廊下に向かった。

この時気付かなかったが、今山と中屋は、背後で目を合わせ、したり顔で笑っていた。

「今日は、楽しい茶会になりそうじゃ」

「まことに、まことに」

いそいそと信平のあとに続く二人を見て、他の旗本たちは、不安そうな顔を見合わせ、声を潜めた。

「やれやれ、自慢と、こき下ろしがはじまりますぞ」

「鷹司殿は、大丈夫でしょうか。お若いので、脇差など抜かれねばよいが」

「あの二人を黙らせるのは、持って来られた茶器次第じゃな」

「なぁに、元は公家なのだから、天目茶碗とはまいらずとも、良い品を持っておられよう」

「だとよいが。そもそも、茶の湯に興味がおありなのか。あのお方は」

などと、旗本たちは口々に言い、信平を心配したが、長老の旗本が制した。

「わしらが案じるまでもあるまい。さ、まいろう」

そう言うと、咳ばらいをしながら、別室に向かった。

二

信平が通されたのは、十畳ほどの部屋だった。

十一人の客が座れば手狭になるが、茶会には、丁度良い空間といえる。信平にはそう思えた。

湯気が上がる釜の前で出迎えた覚念和尚は、信平に、ようお越しになられました、と笑みを浮かべ、頭を下げた。

玉奏寺の茶会は、いわゆる品評会、といわれ、各々《おのおの》が持ち寄った茶器を披露《ひろう》し、その場で売ることもできるという、変わった趣向だった。

茶器を集めることに執念を抱いている今山は、大名からも尊敬されているという覚念を利用して、掘り出し物を手に入れようとしているのだ。

今日の茶会も、実は今山が主催したもので、覚念は、多額のお布施《ふせ》を出している中屋に頼まれて、茶会を開いたと言ってよい。

信平を誘ったのも、実は今山に頼まれてのことだが、素直に言うことを聞いたのは、覚念自身が、信平という人物に興味があったからである。

「覚念和尚、今日は、良い物を持ってまいりましたぞ」

客が揃ったところで、今山が自慢をはじめた。

持参した茶器を並べ、

「これは、今山家に代々伝わる茶碗のひとつです」

披露すると、和尚が目を細めて顔を近づけた。

「三島《みしま》茶碗ではございませぬか」

「さすがに、ようお分かりで」

今山がしたり顔で言い、もうひとつの包みを前に置いた。

「これは、それに勝《まさ》る物ですぞ」

見せられたのは、茶入れだった。

一見すると、なんの変哲もない土色の壺なのだが、

「これは良い物ですな」

中屋の言葉に、他の旗本が賛同した。

「今山様、百両で売っていただけませぬか」

中屋が願うと、二百両、いや、三百両出す、という声が旗本たちからあがり、競った中屋が、千両出すと豪語した。

得意顔になった今山は告げる。

「冗談はよしてくれ。これはな、ただの茶入れではない。天下人、織田信長《おだのぶなが》公ゆかりの品だぞ」

すると、長老の旗本、芝浦某《しばうらなにがし》が、白髪の眉を触った。

「これが、信長公の茶入れでござるか。いったい、どこで手に入れたのです」

「上様の使者として京にのぼった時、公家から譲り受けたものにござる」

今山は自信満々だ。

「ちなみに、いくら出せば売っていただけますか」

中屋が恐る恐る訊くと、今山は茶入れを手元に引き寄せた。

「一万両出されても、売る気はない」

唸った中屋と旗本たちは、茶入れをまじまじと見る。

「実に、良い壺ですな」

中屋が言えば、旗本が応じる。

「まことに、名品じゃ」

これを機に、各々が自慢の茶器を出して見せ合い、気に入った物を交換する者がいれば、金を出して買う者もいた。

その間に、覚念が茶を点《た》てて出してくれたのだが、茶器の自慢話と買い付けに夢中な今山たちは、作法こそ間違わぬが、茶を無造作に飲み、また話に戻る。

がやがやと騒がしい中、覚念は一人だけ別の場所にいるかのように、黙々と茶を点てていた。

茶器に興味がない信平は、これらの会話には入らず、覚念の茶に感服していた。

「口に含むと泡のようになめらかで、いつの間にか消えてしまう。見事にございます」

信平が茶を褒《ほ》めると、覚念は膝行して茶碗を引き、今日初めて、満面の笑みを見せた。

「茶の味が分かるお人でございますな」

さすがは信平様。

と言う覚念の声を聞いた今山が、嫉妬に満ちた目を向けた。

「茶の湯は、器あってのもの。信長公は、天下統一に茶の湯を取り入れた。それは何ゆえかご存じか、信平殿」

訊いておいて、信平が答えるのを邪魔するように、今山が続ける。

「信長公は、茶の湯を極めると同時に、茶器を集めた。そして、良い品には金に糸目をつけず、国がひとつ買えるほどの金銀を出したともいわれている。茶に興味がない者の中には、家臣への恩賞にするために、わざと茶器の価値を上げたという者もいるが、それがしはそうは思わぬ。良い品は、良いのだ。のう、中屋」

「さようでございますとも。良い器でいただく茶の味は格別です。皆様も、そう思われるでしょう」

中屋が言うと、旗本たちは賛同した。

満足そうな顔をした今山が、覚念のそばに歩み寄った。

「これが、信平殿が持参された茶碗か」

そう言うと、覚念の手から信平の茶碗を取り上げ、渋い顔をした。

「これは、一見すると珍しい品。しかし……」

その先は言わず、覚念に渡して、これはいかがなものかというように、鼻で笑った。

覚念は、無表情で受け取り、黙って茶碗に湯を注ぎ、中を洗った。

「どこぞの長屋から、飯茶碗を借りてこられたのやもしれませぬなぁ」

中屋が馬鹿にして、旗本たちに言う声が聞こえたが、信平が腹など立てるはずもなく、黙って和尚の手の動きを見ていた。

その態度が気に入らないとみえて、今山は、意地の悪い顔つきで告げる。

「茶の湯は、良き器あってこそのもの。良き器を持っておらぬ者が飲む茶など、庶民が飲む白湯《さゆ》と同じじゃ」

きつい言い方に、旗本たちは押し黙った。

信平が怒りはしないかと案じているようだが、今山を諫《いさ》める者はおらず、ただうつむいている。

中屋も、さすがに賛同できぬと思ったか、知らぬ顔を決め込んで、自分の茶器を手に取って眺めていた。

張り詰めた空気を破ったのは、覚念だった。信平の茶碗を丁寧に拭いながら、ひとつため息をつく。

「拙僧は、茶は道具ではないと思いまする。茶は、こころなり。信長公をはじめ、太《たい》閤秀吉《こうひでよし》様、東照大権現《とうしょうだいごんげん》（家康）様の天下人はもちろん、名だたる戦国武将が茶の湯を重んじたのは、戦乱の世の中で、こころの安らぎを求められたからではないでしょうか。価値もない茶碗に高値が付いたこともありましょうが、それは、使う人が優れていたからにございます。城が手に入る茶碗であっても、価値が分からぬ者が持てばただの泥茶碗。猫の餌《えさ》入れに使われているものがあるやもしれませぬが、それが、道具というものです」

「和尚、何が言いたい」今山は、責められたような気分になったらしく、不機嫌そうに言った。「はっきり申されよ」

「こころで楽しまれぬ茶こそ、白湯と同じにございまする」

愚弄《ぐろう》されたと思った今山は、憤慨《ふんがい》して立ち上がると、

「帰る！」

睨みつけるように言い、出ていってしまった。

「今山様！」

中屋は止めようとしたが、あとは追わなかった。

その中屋に、長老の芝浦が声をかける。

「良いのか、追わなくて」

「はい。あのお方は、短気なところがございますので、今はそっとしておいたほうがよろしいのです。それより、さすがは覚念和尚。茶の湯のこころが、少し分かったような気がします。猫に茶碗ですか。実におもしろうございますなぁ」

「いやいや」覚念は苦笑いをして、穏やかな眼差しを信平に向けた。「信平様、よう辛抱なさいました。今山様は、高価な品を自慢したいだけにございます。悪気はないのですよ」

信平は微笑んで応じた。

覚念がまた、ため息をついた。

「それにしても、あのお方には困ったものです。自慢の種にされるばかりでは、せっ

かくの茶器も泣いておりましょう。中屋さん、なんとかなりませぬか」

「そ、そう言われましても」中屋は困った顔を茶器に向けた。「これらの品は、今山様のおかげで揃えることができたのですから、自慢をやめられては、困るのです」

「良い品がどれなのか、分からなくなりますか」

「正直に言いますと、はい」

自分では価値が分からぬのだと認めた中屋は、ばつが悪そうな顔をした。

「わっはっはっは」

覚念が愉快そうに笑ったかと思えば、

「喝《かつ》！」

目を見開いて怒鳴った。

「価値も分からぬくせに、信平様を馬鹿にするとは何ごとか！」

「ひひぃ」

耳をつんざく大声に震え上がった中屋が、信平に頭を下げた。

「申しわけございません。お詫びに、わたくしめの一番大事な茶碗で一服さしあげとう存じまする」

信平が、よい、と言って許すと、覚念が温厚な顔つきになり、ひとつ息を吐いた。

「何も分かっておらぬな、おぬしは」

言われて、不思議そうな顔を上げた中屋に、覚念が教えた。

「信平様がお持ちになられたこの茶碗が、今日の中では一番の品じゃ」

「なんと、言われます」

中屋が驚き、その場にいた旗本たちも驚きの声をあげた。

誰よりも驚いたのは、当の信平である。

「まさか、そのようなことはあるまい」

「いや。素晴らしい物ですぞ。どこで手に入れられましたか」

茶碗は、道端で商売をしていた老爺から、一両で買った物だと正直に言うと、中屋と旗本たちは、一斉に覚念を見た。

思わぬ言葉に、覚念はひとつ咳をすると、

「いや、信平様、貴殿はたいしたお方でございますな。これだけの品を一両で手に入れられるとは」

そう言って、茶碗を手に取って唸った。

「これが、一両の茶碗ですか」

旗本のひとりが茶碗に顔を近づけて言い、他の者は、吹き出すのを我慢している。

それを横目で見た覚念が、茶碗を褒めた。

白釉《はくゆう》と黒釉《こくゆう》をかけ分けた片身替わりの景色《けしき》は素晴らしく、模様《もよう》も見事だと言う。そして、千利休《せんのりきゅう》の弟子だった大名茶人、新田岸部《あらたきしべ》作の茶碗に似ていると言い、覚念は、自分が持っていた物を見せてくれた。

箱から取り出した茶碗を見た旗本たちと中屋が、目を見張った。

中屋が、近くで見せてくれと言って膝行した。

「こ、これが、幻の茶碗といわれる、岸部の茶碗ですか」

「さよう。中屋さん、あんたなら、これをいくらで買う」

「いち、いや、三万両！」

指を三本立てて、皆をどよめかせた。しかし、旗本の連中は、金額の大きさに驚いただけで、誰も羨ましがらなかった。特に、長老の芝浦は、険しい顔で和尚を見ている。

「三万両ですか。信平様、いかがですか。まさに、城が買えますすな」

覚念に言われて、信平は、自分が持参した茶碗を見た。

道端で売られていた品に一両も出したと驚く者がいれば、たかが一両の安物と笑う者がいる。

しかし、似てはいるが、偽物は偽物。覚念が有する本物には、ならぬのだ。

「三万両の値が付く茶碗でも、知らぬ者が持てば、猫の餌入れ」

信平が言うと、覚念は愉快そうに笑った。

「道具は、価値が分かる者が持ってこそ、光り輝くのです。お武家様の刀もしかり。剣術ができぬ者が持っていても、役に立たぬのと同じでございますよ」

覚念はそう言うと、茶碗を納めた。

「和尚、売ってくださらぬのか」

箱を閉めるのを惜しむ中屋に、覚念は首を振った。

「これは、玉奏寺に伝わるお宝ですからな。ご容赦を」

「それは、残念ですなぁ」

中屋はがっかりして、肩を落とした。

茶会はお開きとなり、信平は覚念に礼を言って立ち上がった。

他の旗本たちも退室し、共に畳敷きの廊下を歩んでいると、中屋が歩み寄ってきた。

「鷹司様、残念でございましたな」

「これのことか」

信平が茶碗の包みを上げて見せると、中屋がうなずいた。

「本物でしたら、三万両で買わせていただきましたのに」

「和尚が売ると申せば、本気で買うつもりだったのか」

「当然です。何せ、幻の名器ですから。そこで、ひとつお願いがございます」

「うむ」

「紀州様の天目茶碗は無理としても、鷹司家伝来の茶器がございましたら、一度、見せていただけませぬか」

「麿は、これしか持っておらぬ」

「へ？」

ほんとうに？　という顔で立ち止まる中屋に、信平は笑みでうなずき、歩を進めた。

「ちと、和尚に話がござる」

真下彦十郎が思い出したように言い、信平に頭を下げると、後戻りした。

信平は、その時は何も思わずに帰ったのだが、引き返した真下彦十郎は、覚念和尚に忠告をしていた。

「和尚、悪いことは言いませぬ。岸部の茶碗を今すぐ処分しなされ」

「何ゆえでござる」

「ご存じないのか。その茶碗の作者、新田岸部のことを」

「はて、なんのことでしょうか」

「ご存じないなら、教えてしんぜよう。新田岸部は、千利休亡きあと、茶人としての才覚をかわれて太閤秀吉に登用され、三十万石の大名にまで昇った武将。秀吉亡きあとは、我らが神君家康公に仕え、御側《おそば》近くに置かれた人物」

「ほぉう。それが、何ゆえいけぬのです」

「岸部は、大坂の陣の折に、豊臣《とよとみ》方に内通していたのです。そのことが家康公にばれ、謀反人《むほんにん》として処刑されました。以後、岸部の作品を持つことは御法度《ごはっと》となり、ことごとく破壊された。岸部の茶碗が幻といわれるのは、そういう理由からです」

覚念は、悲しげな顔をして目を伏せたが、しかし、と言って、顔を上げた。

「それは、お武家様の話でございましょう。寺の者には、関わりのないこと」

「そうはいきませぬ。ここは江戸。将軍家のお膝下ですぞ。寺社奉行の耳に入れば、お咎めがありますぞ」

「それでも、寺の宝を手放すことはできませぬ」

口に笑みを浮かべて頭を下げる覚念を見下ろした真下は、舌打ちをした。

「忠告はしましたぞ。せいぜい、気をつけることです」

苛立ちを露《あら》わに言うと頭を下げ、帰っていった。

その真下の背中を、密かに見送る者がいた。あとを追って戻った中屋が、立ち聞きをしていたのだ。

「これは、おもしろいことになりそうだ。うまくいけば、あの茶碗が手に入るかもしれんぞ」

楽しげに言うと、部屋に残って片づけをしている覚念の後ろ姿を見てほくそ笑み、寺から出た。

三

その夜、中屋は、神田の今山家を訪れ、覚念のことを告げ口した。

自ら点てた茶を口に運びかけた今山が、茶碗を下げ、鋭い目を向けた。

「何！　岸部焼を持っているじゃと」

「はい。持っているだけで、お咎めを受けるのですか」

中屋が訊くと、今山は考える顔をした。

「それは、昔の話じゃ。今は、そこまで厳しゅうはない。この世にない物と思われておるからな」

「では、見つかれば、どうなるのです」

「御公儀は良い顔をせぬはずじゃが、罰を与えるかどうかは、分からぬ」

「そうでございましたか。真下様が厳しく言われていましたので、手放すように仕向けていただこうかと思ったのですが」

するると、今山がじろりと睨んだ。

「忘れたのか。覚念はわしに恥をかかせたのじゃぞ。そんな奴に、大金を払うと申すか」

「何せ、幻の名器ですから」

「たわけ、そのようなこと、わしは許さぬ」

「では、放っておかれるのですか」

「このままにしておくものか。茶の湯は道具ではないなどと言いよったくせに、己も名器を持っているとは許せぬ」

中屋は、手放すように仕向けるのかと期待したが、今山は何かを思い付いたらしく、睨むような目を向けた。

「中屋」

「はい」

「岸部焼はあきらめよ」

「何を、なさるのです」

「見ておれ、覚念に吠《ほ》え面《づら》をかかせてやる」

今山は意地の悪い顔でそう言うと、茶を干した。別の茶碗を桐《きり》の箱から出し、茶を点てると、中屋の前に差し出した。

中屋が恐縮して茶碗を手に取るのを見ていた今山が、目を細めて告げる。

「以前、その茶碗が欲しいと申していたな」

「黒楽《くろらく》茶碗、名物茄子《なす》。茄子のような色合いからその名が付けられたという名品でございますね」

「そちにつかわす」

中屋が目を見張った。

「まことでございますか。ではさっそく、お金を用意してまいります」

気が変わらぬうちにと、中屋は焦ったが、今山は、金はいらぬと言った。

「寺社奉行の川福《かわふく》殿を知っているか」

「はい。存じております」

「さすがは中屋、顔が広い。金を貸しているのか」

「いえ」

「さようか。では、明日の夜、一席設けてくれ。それが代金じゃ」

「かしこまりました。どこにしましょう」

「川福は女に目がない」

「では、新吉原《しんよしわら》にいたしますか」

「うむ。人気の花魁《おいらん》を用意しておけ」

「おまかせください」

中屋は、茶を飲み干すと、大喜びで、茄子の茶碗を持って帰った。


寺社奉行の川福は、新吉原で中屋の接待を受け、横に美しい花魁を座らせて酒を飲んでいるのだが、なんとも浮かぬ顔をしている。

朱塗りの盃を空けると、花魁が酌をしようとしたのを断り、

「覚念が、そのような茶器を所持しているのですか」

そう言うと、正面に座る今山の顔をちらりと見て、盃を置いた。

今山が言う。

「新田岸部は、徳川を裏切った謀反人。そのような者が作った茶碗が、将軍家のお膝下にあってはならぬはず。そうは思いませぬかな、川福殿」

「しかし、岸部焼の御禁制は、二代将軍秀忠《ひでただ》公の時代に解けているはずですぞ」

「ええ？」驚きの声をあげたのは、中屋だった。「今山様、まことでございますか」

すると、今山が、ばつが悪そうな顔をした。

「確かにそうじゃ。しかしそれは、あくまで世に埋もれた岸部焼を見つけ出すために取られた策。旗本のあいだでは認めておらぬゆえ、見つけ次第割っていたと聞いている」

「御旗本のあいだだけにございますか」

「そうじゃ。他国にある物は別として、将軍家のお膝下にあってはならぬ。それゆえ、真下彦十郎殿が覚念に忠告したのだ」

「そういうことでございましたか。和尚が関係ないとおっしゃったのは、御旗本だけのことと思われているからではないですか」

「どう思うておろうと、見逃すわけにはいかぬ」

中屋を一瞥した今山は、川福に向く。

「明日にでも、玉奏寺にまいりなされ」

「それがしに、何をしろと」

「なぁに、容易《たやす》いことです。茶碗を、その場で処分させるのです」

「天下に名高き茶碗を、割らせろとおっしゃいますか」

川福の躊躇《ちゅうちょ》する態度に、今山は不機嫌になった。

「貴殿はまさか、惜しいと思うてはおられますまいな」

「いや……」

「岸部焼は、徳川にとっては不吉な品。そのような代物が寺の宝になっておるとなると、寺社奉行のお立場としては、まずいのではござらぬか」

「た、確かに、おっしゃるとおり」

立場は今山よりも上の譜代大名である川福だが、こころ優しいこの者は、今山の勢いに圧倒されている。

今山は満足そうにうなずくと、後ろに控えていた中屋を促した。

「はい。ただいま」

応じた中屋が、三方《さんぼう》に載せた小判を差し出した。

金二百両を前にして、川福が困惑した顔をする。

「今山殿、これは……」

「明日のために、今宵《こよい》はたっぷりとお楽しみくだされ」

川福は、金よりも、花魁に身を寄せられて目を輝かせた。

「では、これにてご無礼いたす」

帰りかけた今山が、ああ、と、思い出したように言う。

「明日は、それがしも同道させていただきますぞ。岸部焼が割れるさまを、この目でしかと、見届けねばのう」

「あい分かった」

「では」

今山と中屋が帰ると、川福は大きなため息をついた。

「そんなに凄《すご》い器なのですか」

花魁の酌を受けた川福は、一息に飲み干した。

「本物であれば、数万両の値が付く品じゃ」

花魁は目をしばたたかせた。

「ほんとうに、この世にあるのでございますか」

「ある。割るのは惜しい気もするが、これをもろうては、仕方のないことじゃ」

川福は小判を手に取ると、花魁の胸元に入れて抱き寄せた。


玉奏寺では、朝の務めを終えた僧たちが粥《かゆ》をすませ、本堂で写経《しゃきょう》をしている。覚念和尚は、自室に入って読み物をしていた。

いつもの穏やかな朝を迎えていた寺の様子が一変したのは、程なくのことだった。

山門から十数名の侍が入り、本堂の前を取り囲むと、与力が大音声を発した。

「寺社奉行の調べでまいった！　出ませい！」

驚いた僧たちが本堂から出ると、

「覚念和尚をこれへ」

命じられ、若い僧が奥へ急いだ。

「和尚様、寺社奉行の川福様がおみえです」

「川福様が？」

なんの用かという顔をする覚念に、僧が告げた。

「大勢のご家来を連れて来られ、ただならぬ様子でございます」

「そうか」

覚念は、岸部焼のことに違いないと思い、本堂へ急いだ。すると、僧たちが一列に並ばされ、寄棒《よりぼう》を持った捕り方が囲んでいるではないか。

「川福様、これは何ごとでございますか」

覚念が言うと、陣笠《じんがさ》を着けた川福が、鋭い目を向けた。

「覚念、おぬし、新田岸部の茶碗を持っているそうじゃな」

川福の背後に今山の顔を見つけた覚念は、茶会で不愉快な思いをした仕返しに来たのだろうと、気落ちした。

「どうなのじゃ、覚念」

「ございます」

「寺の宝と申したらしいが、徳川にとって不吉な物と知ったうえで、宝としているのか」

「まさか、そのようなことはございませぬ。あれは、先々代の覚陳僧正《かくちんそうじょう》様が、京で手に入れられた物。当時はすでに、御禁制を解かれていたはずにございます」

「他国ではそうじゃが、この江戸ではそうはいかぬ。品を検《あらた》めるゆえ、今すぐ出せ」

「かしこまりました」

覚念は頭を下げると、自室に戻り、茶碗を入れた箱を取り出した。

茶の湯は道具ではないと言ったが、代々受け継がれているこの茶碗は、値を付けられないほど大事な宝。たくらみを含んだ今山の顔が目に浮かんだ覚念は、何をされるのかと不安になり、憂鬱《ゆううつ》な息が出た。重い足取りで戻ると、本堂で床几《しょうぎ》に腰かけていた川福が、閉じた扇《おうぎ》を振り、自分の前に座れと指示した。

「見せよ」

「ただいま」

覚念が茶碗を取り出して渡すと、川福は奪うようにして取り、じっと見つめた。

「変わった模様の茶碗じゃな。これが、万両の値が付く代物なのか。今山殿、これは、本物にござるか」

受け取った今山が、眉根に皺を寄せて茶碗を調べた。

「これは、見事な物ですぞ。鷹司様が持っておられた物とはくらべ物にならぬほど色艶も良く、格段に違う」

「今、鷹司様と申されたか」

川福は、信平も持っているのかという顔をした。

「ご安心を、鷹司様の茶碗は偽物。呑気というか、あほうというか、道端でじじいが売っていた泥茶碗に、一両も払ったと申されておった」

「そうか……」

川福は安堵した。今山に、信平にも処分させろと言われるのではないかと、肝を冷やしていたのだ。

気を取りなおした川福は、覚念に険しい顔を向けた。

「覚念和尚。今ここで、茶碗を割れ」

「なんと――」

覚念は絶句した。

「この茶碗は、江戸にあってはならぬ。旗本を招いた茶会で見せびらかしたのは、失敗であったのう」

覚念が顔を上げると、川福の後ろにいる今山が、ざまをみろ、という顔をした。

寺社奉行直々に命じられては、逃れることはできない。

「これで割れ」

川福が脇差を抜き、峰に返して渡した。

覚念は、脇差を受け取り、振り上げたのだが、できなかった。手を震わせて呻き、目をつむった。

「これは、寺の宝。いや、後世に残すべきお宝でございます。拙僧には、できませぬ」

「そうか」川福は鋭い目をして立ち上がり、皆を見回した。「この寺には、将軍家に対する謀反の疑いがある。者ども、寺の者は下男下女まで、ことごとく捕らえよ！」

「何をおっしゃいます。謀反など、あり得ませぬ」

若い僧が必死に訴えると、

「黙れ！」

与力が怒鳴り、首根っこをつかんで押さえつけた。

「言いがかりをつけるのは、おやめください！」

訴える覚念を、川福がじろりと睨んだ。

「言いがかりじゃと」

「岸部焼の御禁制は解けているはず。この仕打ちは、この覚念を良く思っておらぬ方のいやがらせでございましょう。違いますか、今山様」

「何をたわけたことを申される。岸部焼を処分しとうないのは分かるが、和尚こそ、妙な言いがかりはよしていただこう。謀反人の茶碗を大切にするところをみると、我ら旗本としては、見逃すわけにはいかぬのだ」

今山はもっともらしく告げると、岸部の茶碗を拾い、覚念に差し出した。

「謀反の疑いをかけられとうなければ、この場で示されよ」

覚念は、苦渋の表情で茶碗を受け取ると、今山を見上げた。

「拙僧が持つことで災難が降りかかるならば、手放しましょう」

そう言って、今山に差し出した。

「ほう、くれると申すか」

「これを割れば、この国の宝を失うことになりますからな。さ、持っていかれませ」

すると、今山が怒りに頰を震わせた。

「和尚は、何か思い違いをしておるようだな。わたしがこの茶碗欲しさに、言いがかりをつけさせたと思うておるのか」

覚念は答えず、茶碗を今山の前に置いた。

川福は、どうするのだ、という顔を今山に向けた。

それには鼻で笑って応えた今山が、茶碗を拾い、覚念の胸に押し付けた。

「わたしに渡しても、結果は同じ。外の石に投げつけるだけにござるぞ。和尚、先々代から受け継いだ茶碗を、わたしが割ってもよいのか」

顔を真っ赤にして目を見開いた覚念は、歯を食いしばると立ち上がり、茶碗を両手

で掲げた。そして、

「わあ！」

大声をあげるや、投げつけた。本堂の柱に当たった茶碗は、音を立てて割れた。

破片が畳の上に散らばる様を見た覚念は、はっと我に返り、すぐに呆然《ぼうぜん》となると、足から崩れるように、その場にへたり込んだ。

覚念の悲痛な顔を見下ろした今山は、してやったり、という面持ちで唇を舐めた。

「川福殿、これで、寺の疑いは晴れましたな」

まるで、自分が助けてやったような言い方をすると、晴れ晴れとした様子で帰っていった。

城が買えるほどの価値がある茶碗の破片を見た川福は、額から流れる汗を拭い、ごくりと喉を鳴らした。

「み、皆の者、帰るぞ」

静まり返る家来たちに告げた川福は、この場から逃げるように、急いで立ち去った。

四

「おい、入りな」

自室にいた善衛門は、裏木戸のところで誰かを誘う五味正三を見て、口をむにむにとやった。

「何が入りな、じゃ。偉そうに」

独りごちると、ここはお前の家ではないと叱ってやらねばなるまいと思い、廊下に出た。

「うむ？」

声をかけようとした善衛門であるが、五味に招き入れられた商人風の男を見て、急いで裏庭に出た。

「中屋ではないか」

「うわ、びっくりした」

善衛門に背を向けていた五味が、飛び跳ねるようにして振り向いた。

善衛門はそのおかめ顔を押してどかせると、頭を下げる中屋を外に連れ出した。

「まさか、殿に金を貸しに来たのではあるまいな」

先日の茶会で信平と一緒になったことを聞いていた善衛門は、巧みに金を貸して暴利をむさぼる中屋を警戒していたのだ。

誰？　という不思議そうな顔をした中屋は、思い出したように手を打ち、明るい顔をした。

「これはこれは、葉山様。お久しゅうございます。お目にかかるのは、何年ぶりでございましょうか。十年以上になりますか」

「忘れたわい。それよりおぬし、近頃、良い噂を聞かぬぞ」

「ええ？　そのようなことはありませんよ」

「まあよい。して、なんの用があってまいったのじゃ」

「葉山様こそ、ここで何を。先ほど殿と申されましたが、まさか、公方《くぼう》様が御成《おなり》に？」

「そうではない。信平様のことじゃ。縁あって、今はここに住んでおる」

「さすがは葉山様。鷹司様にご縁がおありでしたか」

「わしのことはよい。殿になんの用があってまいったのだと訊いておる」

すると、中屋が神妙な面持ちで腰をかがめた。

「折り入って、ご相談がありまして」

「相談？　なんの相談か、まずはわしに話せ」

善衛門は警戒を解かぬ。この者のせいで、酷い目に遭わされた旗本を大勢知っているからだ。

中屋は眉尻を下げて言う。

「五味様にお願いして連れて来ていただいたのは、玉奏寺の、覚念和尚のことで、ご相談がございまして」

「覚念和尚が、いかがした」

「わたしは、とんでもない過ちを犯してしまいました。そのせいで、覚念和尚は誰と

もお会いにならず、食を断たれているのです」

中屋は言うなり、口を押さえて嗚咽《おえつ》するではないか。

善衛門は驚き、五味を見た。

「どういうことじゃ」

「酷い話ですよ。高家の今山様と寺社奉行が覚念和尚に言いがかりを付けて、寺の宝

ともいえる茶碗を割らせたそうなのです」

「なんじゃと。それと中屋と、なんの関わりがあるのだ」

「茶会のことは、信平殿から聞いておられるのでしょう」

「今山殿が、覚念に腹を立てて帰ったのは知っておるが」

「その後のことですよ」

五味は、中屋に代わって、岸部茶碗の話をした。

「茶碗を持っていることをおぬしが教えたせいで、和尚が割る羽目になったと申すか」

善衛門が訊くと、中屋が涙を拭ってうなずいた。

「して、殿に何を頼みたいのだ」

「気になったものですから、和尚に会いにまいりましたところ、追い返されたのです。お弟子の僧が申されますには、もう何日も食事を摂《と》られていないとか。このままですと、和尚が死んでしまうのではないかと思いまして」

「殿なら、覚念が会うと思うたか」

善衛門が先回りをして訊くと、中屋が頭を下げた。

「どうか、お取り次ぎのほどを」

付き人も連れずに来ているところをみると、中屋も焦っているようだ。

この者はさておき、覚念は放っておけぬと思った善衛門は、中屋を屋敷に通した。

「なるほど、そのようなことが……」

話を聞いた信平は、大切な茶碗を割った覚念の無念を思い、胸を痛めた。

戦国武将の新田岸部のことを知らなかった信平は、茶会があった日の夜に善衛門から聞かされて、覚念に何もなければよいがと案じていたのだ。

自分が衝動買いした偽物を善衛門に見せた時は、

「このような物に、一両も払われたのですか！」

と、小言《こごと》を言われたのだが、善衛門は、金のことより、安物を茶会に持って行かせた己を責め、信平に頭を下げた。

「それがしが至らぬせいで、殿に恥をかかせ申した」

そう言われた時、信平は、怒られるよりもこたえた。黙っていたことを反省し、善衛門に詫びたのである。

「殿、いかがされた」

善衛門に言われて、信平は顔を上げた。

「麿の茶碗を見て、覚念和尚は岸部の茶碗を出したのだ。宝の茶碗を割る羽目に至ったは、磨のせいでもある」

「そのようにお考えになられてはいけませぬ。殿に非はござらぬ。茶碗を割らせたのは、今山殿の妬みですぞ」

「和尚が心配じゃ。放ってはおけぬ」

信平はそう言うと、立ち上がった。

「行かれますか、玉奏寺に」

「うむ」

「では、それがしもお供を」

善衛門は、先に玄関へ向かった。

信平は自室に戻って、狐丸と茶碗を持ち、善衛門たちが待つ玄関に向かった。

式台の前で控えている佐吉に、茶碗の包みを渡した。

「これは？」

「偽物の茶碗じゃ」

信平はそう言うと、善衛門と共に門へ向かった。

五味と佐吉、そして中屋もあとに続き、皆で玉奏寺へ行った。

山門を潜り、境内を進むと、本堂の戸はすべて閉てられ、静まり返っている。

離れ屋に回ると、庭の掃除をしていた寺小姓が信平たちに気付き、慌てて駆け寄った。

「松平信平じゃ。覚念和尚にお会いしたい」

すると、寺小姓が目に涙を浮かべ、

「和尚様は、たった今――」

そう言うとうつむき、肩を震わせた。

「いかがした」

信平が言葉を促すと、寺小姓は着物の袖で涙を拭い、大きな息をして気持ちを落ち着かせた。

「和尚様は、たった今、石堂に入られました」

言い終えると、また涙がこぼれ落ちた。信平は様子から、尋常でないものを感じ、寺小姓の肩をつかんだ。

「石堂とは、なんじゃ」

「石で造られた御堂でございます。和尚様は、息が止まるまで修行をされるおつもりなのです」

「即身仏《そくしんぶつ》におなりになると――」

信平が言うと、寺小姓はうなずいた。

「何ゆえじゃ」

「分かりません。急におっしゃったのです。お弟子様たちが思いとどまるよう説得されたのですが、籠もられたのでございます。鷹司様なら、聞く耳を持たれるかもしれませぬ。どうか、和尚様をお助けください」

「和尚と話せるか」

「お弟子様の声は届いていると思いますが、返事をなさりませぬ」

「案内いたせ」

「こちらへ」

信平は、善衛門たちを本堂に残すと、寺小姓の案内で境内の奥へ向かった。

鬱蒼《うっそう》と茂る雑木林の中に、その石堂はあった。

覚念が数年前に造らせたという石堂は、庵《いおり》のような形をしているのだが、窓はなく、息をするための小さな穴がひとつ、開いているのみだ。

鉄の扉は中から鍵がかけられており、覚念が出る気にならなければ、寺の者はどうすることもできないという。

信平が行くと、離れた場所に、弟子たちと檀家《だんか》の町の衆が集まっていた。

心配そうな面持ちで石堂を見ていたのだが、信平が近づくと、すがるような目をして道を空けた。

さらに進むと、石堂の鉄扉の前に、一人の侍がうずくまっていた。

「誰じゃ」

信平が訊くと、寺小姓が答えた。

「寺社奉行の川福様です」

その川福が、鉄扉をたたいた。

「なあ、和尚。頼む、出てきてくれ。茶碗の件は、やりすぎだったと後悔しておる。このとおりじゃ。あやまるから、機嫌をなおしてくれ」

川福は石堂の前でうずくまっていたのではなく、両手をついて頭を下げ、必死に詫びていたのだ。

信平が近づく足音に気付いた川福が、

「誰も近づくなと申したであろう」

そう言って振り向いた刹那、目を見張り、石段を駆け下りた。

「鷹司殿、ご無礼いたしました」

「川福殿」

「はは」

「しばし、下がっていてくれぬか」

「し、しかし……」

「麿は、和尚と話をしたい」

ここはまかせてくれという目顔を向けると、気持ちが伝わったらしく、川福は石堂を一瞥し、信平に頭を下げた。

「承知いたしました」

「皆も、連れて行ってくれ」

「はは」

川福は応じて、不安な顔を向ける弟子の僧たちと寺小姓、そして檀家の者たちを促し、本堂のほうへ去った。

信平は石段を上り、鉄扉の前に座ると、空を見上げた。

「和尚、今日は良い天気じゃぞ」

中から返事はなかった。

「先日のお礼に、麿の茶を一服さしあげたいのじゃが、いかがか。即身仏になられるのは、それからでもよろしかろう」

するとと、中から声がした。

「ありがたいことではございますが、拙僧は、一切の煩悩《ぼんのう》を断つと決めました」

「何ゆえじゃ」

「此度の件は、拙僧の煩悩が招いたこと。己の煩悩に打ち勝てず、先々代から伝わる大事なお宝を割ってしまったのです」

「茶のこころを説《と》いたのが、煩悩と申されるか」

「今山様に説いた時、晴れ晴れとした気持ちになったのは事実。まさに、勝ち負けに対する煩悩でございます」

「それゆえ、命までも断つと」

「茶碗を失った後悔と未練により、食事も咽《のど》を通らず、お勤めにも身が入りませぬ。弟子たちにも、恥ずかしいところを見せてしまいました。己の弱さと未熟を痛感した拙僧は、さらなる修行をせんと決めたのです」

「たかが茶碗ごときで死ぬると申すは、愚か」

「…………」

「和尚がしていることは、修行などではない。死をもって、己のこころを潔白にせんとする考え。これも、煩悩のひとつではないのか」

「…………」

「口で何を言うても、人のこころから煩悩が消えることはない。煩悩は、生きるために必要なものとは、考えられぬか」

「生きるために？」

「衣を纏《まと》うこと、食すること、住処《すみか》を得ることは、生きるための煩悩。和尚が仏の道を究《きわ》め、茶の湯を極めようとする煩悩に正直になってこそ、人に恵むことができるのではないか。死をもって、煩悩を断ち切ろうなどと思うてはならぬ。和尚を案じる者たちの声が聞こえていたであろう」

「……はい」

「寺を預かる者が、人を悲しませてはならぬ。己に負けてはならぬぞ」

信平が強い口調で言うと、鉄扉の奥で鍵を外す音がして、ゆっくりと開けられた。

出てきた覚念は、紫の法衣《ほうえ》を纏い、目の下にくまを浮かせていた。

「拙僧は、大きな過ちを犯すところでございました。茶碗を失ったことを悔やんで死んだのでは、後世で笑い物になりますな」

「後世、か」

「死後のことを気にするのも、煩悩でございました」

覚念は、やつれた顔ながらも、白い歯を見せた。

信平は頭を下げる。

「若輩者《じゃくはいもの》が、生意気を申しました」

「なんの。おかげさまで、目がさめました。煩悩は、生きるために必要なもの、ですか。なるほど、煩悩も、考え方次第というわけでございますな。拙僧は、煩悩は悪、と決めつけておりましたので、己の中にある欲から目を背けて、見ようとしていなかった。煩悩を受け入れ、真っ直ぐな目で見据えることこそが、大事なのですな」

「和尚は、価値を知らぬ者が高価な茶碗を持てば、ただの泥茶碗、使う者が優れた人物なら、泥茶碗も名器になるとおっしゃった。あの言葉こそ、和尚の真心。麿は、信じて疑いませぬ」

「の、信平様」

「割れた茶碗は元には戻らぬが、麿の茶碗を持ってまいりました。本物ではないが、茶の湯を極められた和尚が持っておられれば、良い茶碗になりましょう」

「あの茶碗を、いただけるのですか」

「気休めにもなりますまいが」

「とんでもないことです。あれはあれで、味のある茶碗でございました」

「では、お身体が許すなら、麿の茶を一服さしあげたいのだが」

「はい。よろしく、お頼み申します」

覚念は救われたような顔で涙ぐみ、手を合わせて頭を下げた。

五

信平と覚念が本堂に戻ると、川福と中屋が揃って歩み寄り、

「和尚、まことに、すまなかった」

「悪うございました」

思いなおして戻ってくれたことを喜び、二人はこころの底から詫びた。

覚念も、僧として恥ずかしい真似をしたと言って詫びると、檀家の者たちに、心配をかけたと頭を下げた。

檀家の者たちは、元気そうな和尚の姿を見て安堵し、帰っていった。

信平は、寺小姓に茶の湯の支度を頼み、覚念を誘った。

「皆も、まいられよ」

川福と中屋は恐縮して辞退したが、

「よいではないか」

信平が気さくに誘うと、二人は素直に応じた。

善衛門が不安な顔をして、佐吉の袖を引っ張った。

「殿は、茶の湯ができたかの」

「さあ」

佐吉が首をかしげるので、驚いた善衛門は、二度見した。

皆に点てて見せた信平の茶は、秘剣、鳳凰《ほうおう》の舞のごとき妙技ではないものの、

「なんだか、落ち着きます」

善衛門を安堵させるには十分なものだった。

「結構な、お点前《てまえ》でございます」

茶を最後の一滴まですすった覚念が、信平から譲られた茶碗を、愛おしげに眺めた。覚念の茶の味に親しんでいる中屋は、

「…………」

であった。

それでも、覚念の顔に元気が戻ったのを見て、笑みを浮かべている。

こうして、信平の茶会は終わり、各々は帰ったのであるが、その翌日、覚念は一人

で部屋に籠もり、物入れの奥にしまっていた岸部茶碗の箱を出すと、蓋を開けた。

あきらめきれず、割れた茶碗を取っていたのだが、

「信平様にいただいた茶碗を、代わりに入れるとしようか」

想いを断ち切るように言い、破片を出した。

しかし、捨てるとなると、やはり気が引ける。破片を手に取って眺めた覚念は、どうにかなおせぬだろうかと思い、考えた。そして、ある人物に行き当たり、手を打ったのである。

「誰か、誰かおらぬか」

声を弾ませて呼ぶと、小僧が顔を覗かせた。

「和尚様、お呼びでございますか」

「すまぬが、急いで高屋《たかや》へ行き、庄兵衛《しょうべえ》さんを呼んできておくれ」

「はぁい」

「間違えるなよ。檀家の瀬戸物屋、高屋庄兵衛さんだぞ」

「はぁい。分かっております」

小僧は呑気な声で応じると、町に走った。

半刻もしないうちに、手を引かれて寺に上がった高屋庄兵衛が、息を切らせて覚念

の部屋にやってきた。

「和尚様、お連れいたしました」

「おお、まいられたか」

覚念は、膝に両手をついて息をしている高屋を部屋に引き入れて座らせると、割れた茶碗の破片を、膝の前に並べた。

「こ、これは？」

「割れた岸部焼じゃ。お前さんの腕を見込んで頼む。これを、なおしてくれぬか」

「うぅむ」

破片を手にした高屋は、割れ目を合わせてみたり、表と裏を眺めて考えたが、

「分かりました。やってみましょう」

和尚に頼まれたのでは断れぬと、修復を請け負った。

そして、数日が過ぎて、高屋が訪ねてきた。

楽しみに待っていた覚念は、高屋を茶室に招き入れた。

「さすがは高屋さんだ。早かったな」

「そ、それが、和尚様」

高屋は、ばつが悪そうな顔で和尚を見た。

「いかがした。なおせないのか」

「いえ、なおしはしたのですが……」

そう言うと、高屋は桐の箱から茶碗を出し、覚念に渡した。

継ぎ焼きの痕は目立つが、茶碗としては十分に使える。

「おお、なおっているではないか。浮かぬ顔をして、どうしたのじゃ」

「はい」高屋は、意を決したように告げる。「申し上げ難《にく》いのですが、その岸部焼は、偽物でございます」

覚念はぎょっとした。

「な、なんじゃと！　馬鹿を申すな。これはな、先々代から受け継いでいる品ぞ。岸部焼に間違いなかろう」

「いえ、偽物でございます。裏を見ていただくと一目瞭然《いちもくりょうぜん》で、岸部の銘が彫ってございましょう。本物は、つるりとした表面で、何もないのでございます」

「そ、そんな、馬鹿な……」

絶句する和尚を見て、高屋が傍《かたわ》らに置いていた包みを解いた。

「分かっていただくために、わたくしどもが所有している、本物の欠片《かけら》を持ってまいりました。京の三条河原《さんじょうがわら》から見つかった物でございます」

高屋が言うには、謀反人の茶道具として岸部焼が投棄された場所が、三条河原だった。

下側の三分の一しか残っていない茶碗を手渡された覚念は、裏を見て、がっくりと肩を落とした。

「さようであったか、偽物とはのう」

修復された茶碗を見くらべ、手触りを確かめた覚念は、納得した。

「手を煩《わずら》わせたお詫びに、一服さしあげよう。拙僧が点てる茶は偽物ではないゆえ、ご安心を」

そう言って笑みを浮かべる余裕ができたのは、茶碗が偽物だったからではなく、信平という男に出会って、覚念のこころが大きくなったからだ。

近頃の覚念は、信平にもらった茶碗で、茶を楽しんでいたのである。

覚念は、一両の茶碗だとは言わずに差し出した。

高屋は黙って茶を飲み干すと、

「おや」

畳に戻す手を止め、茶碗を眺めた。そして、驚きを隠さぬ。

「和尚様も、お人が悪い」

「ばれたか。それも偽物じゃ」

「何をおっしゃいます。これは本物ですぞ」

「…………」

呆然とする覚念に、高屋は興奮気味に言う。

「これこそが、新田岸部作の名品でございます」

第四話　将軍の宴《うたげ》

一

万治《まんじ》四年の春、江戸城では、将軍家綱《いえつな》の号令で宴の支度が進められていた。

万治二年に大奥《おおおく》に入り、御台所《みだいどころ》となった正室顕子《あきこ》女王《じょおう》であるが、近頃元気がないことを気にかけた家綱が、外の空気を吸わせてやりたいと願ったことで、場所は吹上《ふきあげ》の庭園と決まり、桜の花が満開になる頃に開かれる。

正室の実家である伏見宮家《ふしみのみやけ》から祝いの使者が出席することになり、つい先日、江戸に入ったばかりだ。

五万石の入石《いりし》藩《はん》が接待役を命じられ、藩主大出大和守《おおいでやまとのかみ》は、高家の指導のもと、役目を無難に務めていた。

そんなある日、大出大和守の家臣が、使者の一行が宿泊する伝奏屋敷《てんそうやしき》で妙な噂を耳にした。

使者たちが屋敷の一室でしていた噂は、家臣を驚愕《きょうがく》させるものであり、ただちに藩邸に戻り、藩主に報告した。

「間違いないのだな」

「この耳で、しかと聞きましてございます」

そう言って平伏した家臣が告げたのは、御台所暗殺の噂だった。

伏見宮家の使者たちは、建築途中の江戸城本丸御殿は無理にしても、西ノ丸御殿ではなく、吹上の庭園で宴が開かれることで、刺客が紛《まぎ》れ込むのではないかと、懸念しているという。

城の警固は京の御所《ごしょ》よりも厳重だ。そんな城で、御台所暗殺という事態になれば、天下の一大事。

大出は、この噂の扱いに注意を払った。外様《とざま》である入石藩から情報が漏れたとなれば、公儀から目を付けられる恐れがあるからだ。

「このこと、そち以外に誰が知っておる」

「誰も、知りませせぬ」

家臣の言葉に大出は安堵し、その場にいる家老たちに、情報が漏れぬよう厳命すると、ただちに大目付に知らせた。

大目付から報告を受けた老中の松平伊豆守は、大出を自分の屋敷に出頭させた。阿部豊後守《あべぶんごのかみ》も同座する中、大出は、伊豆守から噂の出所を訊かれた。

噂をしていたのは、千田有能《せんだありよし》という、天皇と伏見宮家の使者を務める公家だった。天皇の使者ゆえ、勅使《ちょくし》ということになるのだが、千田の名を聞いた松平伊豆守は、あの者か、という顔をして、いささか不機嫌になった。

「千田卿《きょう》は不安に思われているらしく、供の者と話されていたそうです。公家と諸大名が見守る中で御台所様が襲われるようなことがございますれば、一大事。ここは、宴の中止を、いえ、本丸御殿が完成するまで、日延べをされたほうがよろしいかと存じます」

こう述べて両手をつく大出に、伊豆守が鋭い目を向けた。

「接待役としては、さぞ不安であろう。しかし、噂に踊らされて宴を取りやめたのでは、将軍家の威信に関わる」

伊豆守は、大出の申し出を退《しりぞ》けた。

そして、千田に会って直接聞くと言い、阿部豊後守にも同道を願い、伝奏屋敷に足を運んだ。

徳川幕府の中枢に座する二人の老中が現れたことで、千田は驚いた様子であったが、わざわざ足を運んで会いに来たと、上機嫌で迎えた。

だが、暗殺の噂のことになると、急に表情を曇らせ、広げた扇で口と鼻を隠した。

「どこから、聞かれましたかな」

「千田卿が話されているのを、世話役の者がたまたま耳にいたしました」

伊豆守が言うと、

「ほ、ほ、ほ、ほ」

千田は笑ったが、下げた目尻の奥にある眼光は、伊豆守と豊後守を遠ざけるものだった。

「この屋敷には、大きな鼠《ねずみ》がおるようじゃ」

伊豆守が真顔で応じる。

「千田卿。御台所様のお命を狙う者がおるというのは、まことでございますか」

「はて、わたくしも、噂を耳にしただけのことゆえ、まことであるかそうでないか、分かりませぬな」

「お戯《たわむ》れを」

「戯れとは心外な」

「では、ない話かもしれぬと思うてよろしいか」

伊豆守に責めるように言われ、千田は扇を閉じ、厳しい顔をした。

「よろしゅうございますか、千田卿」

伊豆守が返答を迫ると、千田は目をそらした。そして言う。

「まあ、念のために、油断なされぬよう頼みます」

伊豆守は、千田が真相を知っていると睨んだが、こころを開かず、話そうとしない公家の顔を見据えた。

狩衣姿は、松平信平で見慣れている伊豆守と阿部豊後守であるが、中年の千田の狩衣姿は、勅使を務めるほどの人物だけに風格があり、見えない壁で隔《へだ》たれているような気持ちにさせていた。

千田家の禄は二人の老中にくらべ僅かだが、弾正尹《だんじょういん》という高い官職が気位《きぐらい》を高くして、武家である老中にこころを開かせないでいるのだ。

それに千田は、徳川家を成り上がり者と見くだしているところがあり、これまでにも、いろいろと問題を起こしている。

朝廷が千田を勅使に命じた真意は分かるはずもないが、御台所の実家である伏見宮家としては、心配の種になっているのではないだろうか。

阿部豊後守もそう思っているらしく、一旦退散しようという目顔を、伊豆守に向けた。

「どうしても、噂のことを詳しく教えていただけぬのですか」

伊豆守は食い下がったが、

「くどいお人やなぁ」

勅使の立場を鼻にかけ、千田は無礼な物言いをした。

伊豆守がそのようなことで立腹するはずもなく、極めて冷静な態度で応じた。

「あい分かり申した。では、今日のところはご無礼つかまつる」

千田はうなずき、扇を広げて口元を隠した。

去ってゆく老中を見て、ため息をついたのである。

肩を並べて西ノ丸に行く道すがら、

「朝廷のことは、我らに話すつもりはないようだ」

阿部豊後守が言うと、伊豆守は、不服そうな顔をした。

「どのようなたくらみがあるにせよ、城内で御台様のお命が奪われるようなことがあれば、公家はここぞとばかりに、我らを責めるであろう。伏見宮様がお怒りになれば、朝廷の心象も悪くなる。これに乗《じょう》じて討幕をたくらむ輩が動けば、戦乱の火種になりかねぬ」

「うむ」

「将軍家と朝廷が絆《きずな》を深めることは、日本をひとつにまとめるために必要なことだが、公家の中には、将軍家を良く思わぬ者がおる。そういう者がおる限り、一歩間違えれば命取りになることを、肝に銘じておかねばならぬ」

「では、宴をやめるよう、上様に言上《ごんじょう》するか」

「馬鹿な。そのようなことはせぬ」

「では、どうする」

「決まっておろう。宴までに、御台様のお命を狙う者を捕らえるのだ。それには、千田卿から話を聞くのが肝要」

「我らに気を許すまで、通うつもりか」

「そんな猶予《ゆうよ》はない」

「良い手があるのか」

「千田卿の口を開かせる適任者がおるではないか」

阿部豊後守は、すぐに気付いた。

「信平殿か」

「さよう。このような時こそ、働いてもらわねばなるまい」

「なるほど、それは良い」

阿部豊後守が含んだ笑みを浮かべたので、伊豆守は立ち止まった。

「なんじゃ」

「いや、おぬしのことゆえ、千田卿に圧をかけて、真相を暴くのではないかと思うておったのだ。知恵伊豆が信平殿を頼るとは、思いもしなかった」

「わしは無駄なことはせぬ。使える駒を使うだけよ」

伊豆守は真顔で言い、歩を進めた。

ふっと笑った阿部豊後守が、肩を並べて言う。

「信平殿には、わしから頼んでおく」

「当然じゃ」

「このこと、上様のお耳に入れるか」

「いや。入れぬほうがよかろう。あのご気性ゆえ、宴をやめるとおっしゃるに違いないからな」

「では、わしはこの足で赤坂に向かう。吹上の警固については、帰ってから話そうぞ」

「承知した」

阿部豊後守は、西ノ丸大手門前で伊豆守と別れ、赤坂に向かった。


「信平殿、頼まれてくれような」

「承知、いたしました」

鷹司松平信平は、書院の間の上座に座る阿部豊後守から事情を聞き、引き受けた。

阿部豊後守は安堵の顔でうなずき、湯呑みを載せた茶台を差し出したお初に目を向け、二人に言うように、口にした。

「千田卿の様子からして、御台所様のお命を狙う者は朝廷側の人間であると思われるが、諸大名、特に外様大名が絡んでおるやもしれぬ。慎重に頼む」

信平が応じ、お初が頭を下げた。

「信平殿」

「はい」

「このことは、上様のお耳に入らぬようにしたい。よろしく頼む」

「心得ました」

阿部豊後守は用件だけを伝えると、帰っていった。

信平は、同座していた中井《なかい》春房《はるふさ》に、舅《しゅうと》の紀州頼宣の耳に入れぬよう頼み、善衛門と佐吉を連れて屋敷を出た。

「殿、中井殿は大丈夫ですかな。殿がこのように大事な役目をなさるのを、知らせずにおりましょうか」

「上様のお耳に入れぬようにと、豊後守様がおっしゃったのだ。舅殿が知れば黙っておられぬのは、春房殿も分かっておろう」

信平の言うとおりで、中井は紀州の藩邸に知らせなかった。ただ、正室である松姫が知らぬことがあってはならぬと思い、奥屋敷に顔を出すと、包み隠さず伝えた。

松姫は、信平が大事件に巻き込まれやしないかと案じた。

中井はそんな松姫に、笑みを浮かべて言う。

「殿は元々公家の出です。必ずお手柄を立てられましょう」

「だとよいのですが」

胸騒ぎがすると告げた松姫は、不安そうな顔を庭に向けた。

二

信平は五摂家《ごせっけ》のひとつである鷹司家の出だが、庶子《しょし》だけに、京では不遇だった。そのため、千田と会うのは初めてである。

千田は、信平の父、鷹司信房《のぶふさ》の死を悼《いた》み、丁重に頭を下げたものの、目つきは厳しい。

明暦三年の冬に他界した父信房は、天正《てんしょう》七年に、天下人の織田信長にすすめられ、当時断絶していた鷹司家の名跡を継いだ人である。

信房の信は、信長から一字を賜ったもので、その信という字を引き継いでいる信平は、正室の子ではないため不遇であったものの、父からの愛情がなかったわけではない。

千田が信平に頭を下げたのは、世話になった信房が、御台所の実家である伏見宮家の王女の子であるからだ。

信平は、伏見宮家と縁が深いのである。

しかしながら、千田の態度は、冷たいものだった。

「御台所様の暗殺をたくらむ者がいるのですか」

信平が訊いても、

「さて、どうであったか」

などと惚け、顔を背ける。

信平は根気強く告げる。

「御台所様のお命をお守りするためにも、確かなことを知りたいのです。何とぞ
――」

「聞けば」千田が、信平の言葉を切った。「信平さんは、江戸でずいぶんご活躍とか。その働きぶりは、宮中にも届いておりますぞ」

「…………」

千田は、黙っている信平を睨みつつ続ける。

「わたくしども公家にはとうてい、真似のできぬ働き。江戸の水のせいか、すっかり、武士になり下がられましたなぁ、信平さん」

鉄漿《おはぐろ》を見せて笑う千田に、信平は告げる。

「千田卿、わたしのことなどおっしゃっている場合ではございませぬ。御台所様のお

命が奪われるような事態となれば、天下の一大事。まさかあなた様は、それをお望みでございますか」

千田は怒気を浮かべた。

「無礼な」

「ならば、ご存じのことを隠さずお教えください」

頭を下げる信平を憎々しげな顔で見下ろした千田であるが、すぐに、たくらみを含んだ笑みを浮かべた。

「ただでは、教えられぬな」

「何を、お望みですか」

「小判千両、いや、二千両ほどいただこうか」

信平が冷静な顔を上げると、千田が、用意できまい、という、見くだした顔つきをした。

すると、信平の後ろで控えていた善衛門がすっと立ち上がり、信平の近くに来て座りなおすと、おそれながら、と断り、己の右耳に手を当てて、千田に向けた。

「今、聞き捨てならぬお言葉を賜ったように聞こえたのですが、それがしの聞き間違えでしょうか」

「うむ?」千田が、善衛門に怪訝《けげん》な顔を向けた。「何を申しておる」

「勅使とは、天皇家のご使者のはず。そのようなお立場の方が、将軍家御台所様暗殺のたくらみを阻止する方法を金で売ろうなどと、物笑いの種になるような戯言《たわごと》をおっしゃるとは思えませぬゆえ、それがしの聞き間違えでしょう。おそれいりますが、今一度、お言葉を」

耳に手を当てたまま上半身を乗り出す善衛門に、千田は腹を立てた。

「お、おのれ、無礼な。この者は信平さん、あんたの家来か」

家来なら許さぬ、という目を向けられて、信平は頭を下げた。

「この者は、上様の命でわたしと暮らしております、将軍家直参旗本でございます」

「たかが旗本の分際で……」

千田はその先を声に出さぬものの、勅使たる己にもの申すとは何ごとか、と言いたそうだ。

善衛門はというと、平然とした様子で告げる。

「いわば、目付役にござる。ゆえに、殿、いや、信平様の身に起きますことは、上様の耳にお入れすると、お心得くだされ」

「ふん、脅しておるつもりか」

「いえ、事実を申し上げております」

「では、御台所の命が狙われておることも、耳に入れるのだな」

千田に睨まれた善衛門が、

「そ、それは――」

返答に窮し、咳ばらいをした。

したり顔をする千田は、どうやらすべて見通したうえで言っているらしい。

信平の目には、難癖をつけて楽しんでいるように映った。

「千田卿」

「なんじゃ」

「二千両お渡しすれば、ご存じのことを、お教えくださるのですか」

「他ならぬ信平さんの頼みゆえ、教えてやってもよいぞ」

「かしこまりました」

「殿――」

信平は善衛門を制し、千田に告げる。

「暗殺を止め、宴が無事終わりましたあかつきには、必ずお支払いいたします」

「わたしを疑うておるのか」

「いえ、京にお戻りになるまでには、必ずご用意いたします」

「今はないと申すか」

「恥ずかしながら」

「耳にしている活躍のわりに、冷遇されておるようだな。ほ、ほ、ほ、ほ」

扇を広げて口を隠し、愉快そうに笑う千田に、信平は頭を下げて頼んだ。

善衛門は口をむにむにとやったが、信平に倣い、頭を下げる。

二人の態度に満足したのか、千田は扇を閉じ、真顔で告げる。

「金はいらぬ」信平と善衛門が顔を上げるのを待ち、千田が続けた。「じゃが、決して朝廷の名を汚さぬと、約束していただこう」

「不埒者《ふらちもの》は、まさか、公家の者でございますか」

信平の鋭い問いに、千田が、口を真一文字に引き結び、目をそらした。

公家の者が将軍家正室の命を取れば、天下を揺るがす一大事だ。

徳川家と朝廷とのあいだに亀裂がないとは言えぬものの、明らかな衝突が生じれば、将軍家に不満を抱いている大名が、朝廷を味方につけようと動き、討幕の勅命を賜って挙兵する事態になりかねない。

答えぬ千田に、信平は厳しく問う。

「大名に謀反を働きかけている者がいるのですか。それとも、大名のたくらみですか」

「そのような大それたことではない」

「その口ぶりは、御台所様の命を狙う者が誰なのか、知っておいでのご様子」

「頭が痛いことじゃ」

千田は、これまでの態度から一変した。眉間をつまみ、思い悩んでいる様子だ。

「千田卿……」

信平が促すと、分かっているという態度で、ため息をついた。

「そちをよこした公儀の者たちは、なんと思うておるのだ」

「大名の謀反を警戒しているのは、確かでしょう」

「大騒ぎになっているか」

「いえ、今は、内密に。それゆえ、わたしが遣わされたのです」

「そうか、それならばよい」

千田が手を打ち鳴らした。

障子に人影が差し、廊下に現れた男が片膝をつき、頭を下げた。

狩衣ではなく、紋付《もんつき》袴をつけた侍で、歳は二十代半ばほどか。

「藤原伊竹《ふじわらこれたけ》と申します」

総髪を綺麗にまとめた男は、一刀流の免許を持つ伏見宮家の家来だと、千田が教えた。

「これより先は、この者から聞くがよい」

千田は、この件には関わりたくないのか、急によそよそしくなり、退出してしまった。

「お人払いを」

藤原が、信平に頼んだ。

「うむ。善衛門」

「はは」

素直に応じた善衛門が去ると、信平は、遠慮がちに目を下げる藤原に訊いた。

「御台所様の命を狙う者を、知っているのか」

「はい」

「大名か」

「いえ、小者でございます」

「小者？」

「はい。この件に、謀反のたくらみなどはなく、ただただ、正気を失った者のすることにございます」

「正気を失った者、とな」

「身分もわきまえずに御台所様に恋心を抱く者が、宴が催されると知り、よからぬことをたくらんでいるのです」

信平は驚いた。御台所に色恋沙汰《いろこいざた》があるのかと思ったのだ。

「もっと詳しく、話してくれ」

「はい」

居住まいを正した藤原が言うには、共に伏見宮家に仕えていた畠広忠成《はたひろただなり》という若者が、御台所の命を狙う不埒者だった。

この畠広という男は、御所の警衛も務めたほどの人物で、伏見宮家の警衛の中で随一の剣の遣い手だという。

剣の腕が立つのをひけらかすでもなく、気性も控えめで、決して人を悪く言わず、同輩たちの中でも人気者だった。

それを見込んだ伏見宮家の当主が、徳川将軍家に嫁ぐことが決まった第三王女の身辺警固をさせていたという。

「婚姻《こんいん》が決まりました頃、御台所様は美しく御成長あそばされ、わたくしども警衛の者にとっては、年に一度もお姿を拝見できぬ天女様のような存在でした。その御台所様のお近くで奉公できることになった畠広は、決して許されぬ想いを、こころに宿してしまったのです。姫様に仕える女人が畠広の異変に気付き、早々《はやばや》とお役御免になったのですが、宮様はかの者を追い出されず、元の警衛に戻されました」

館を出る時は必ず供をさせ、時には、話しかけもしたという。

伏見宮が畠広を手放さなかったのは、剣の腕もあるが、畠広が舞う武舞《ぶまい》に惚れ込んでいたからだ。伏見宮の計らいで、御所で開かれる宴でも舞を披露したことがあり、時の天皇から称賛の言葉を賜った時もあるという。

伏見宮は、畠広を自慢に思っていたのだ。

話を聞いた信平は、うつむく藤原に問う。

「そのような人物が、愚かなことをたくらんでいると申されるか」

「正気を失っているのでございます。身もだえするほど、御台所様をお慕いしていると、それがしに泣いて訴えたことがございます。直に言葉を交わしたこともなく、目さえも合わせていない御台所様に恋をしてしまったのは、決して手の届かぬものを欲するという、煩悩に負けたのでございましょう。哀れと申せば哀れなのですが、畜生にも劣る真似をしようとたくらんでいるからには、見つけ出して成敗せねばなりませぬ。それがしは、宮様から密命を帯びて、江戸にくだったのでございます」

「その者は、すでに江戸にいると」

「おそらく」藤原は顎を引いた。「将軍家の宴が、御台所様を元気付けるものだと知った畠広は、姫が城の中で泣いておられると勘違いし、自分がお救いするなどと申して、姿を消したのです」

「では、お命を奪うのではなく、連れて逃げるつもりか」

「逃げたところで、御台所様が苦労をされるだけ。畠広は、共に自害して果て、極楽《ごくらく》浄土《じょうど》にお連れするつもりなのです」

「そう申していたのだな」

信平が真っ直ぐに目を見ると、藤原は、この耳で聞いたと伝えた。

畠広は、死ぬまで出られぬ大奥に入ることになった姫を哀れみ、いつか自分が助け出すと、親友である藤原に言っていたのだ。

「人を愛するこころは、ひとつ間違えば、人を修羅《しゅら》に変えてしまう。相手のことなど考えもせず、己の気持ちだけで煩悩を満たそうとする者は、目をさまさせてやらねばならぬ」

信平が言うと、藤原が両手をついた。

「何とぞ、少将様のお力添えを賜りたく、お願い申し上げ奉りまする」

「少将はよせ。信平で良い」

「はは」

「して、畠広はどこにおると思う。江戸に、行く当てはあるのか」

「畠広は京から出たことがなく、親戚縁者も、上方《かみがた》にしかおりませぬ」

「懇意《こんい》にしている商人は」

「いますが、江戸に頼れる者はおらぬと申しておりました」

藤原は畠広の身辺を探り、江戸にくだっていたのだ。

「となると、どこに身を潜めているか分からぬ。御老中に申し上げて、江戸中の旅籠《はたご》を探索する手もあるが、騒げば、かえって穴深く隠れてしまおう」

「時がございませぬ。宴を取りやめていただくことは叶《かな》いませぬか」

「それはできぬ。上様のお耳にも入れぬと、御公儀の方は仰せだ」

「では、城の守りを固めていただき、吹上に入れぬようにするしかございませぬ」

「城には、諸大名も招かれる。当日は混雑するであろうから、大名行列に紛れ込まれたら、警固の者に見分けることはできまい。事前に見つけ出すのが、一番の手じゃ。

宮様の代理の他に、公家も何名か招かれているのか」

「はい。此度は将軍家の年賀のあいさつの返礼に来られた千田卿をはじめ、二条家《にじょうけ》からも、御使者が来られております。さらに、御台所様のために雅楽《ががく》も披露するべく、宮様がお手配をなされておりますので、その一行も」

「では、麿と共に、方々《かたがた》の宿を回ろう。畠広が小者に紛れているか、確かめようではないか」

「しかし、畠広のことが接待役の耳に入れば、宮様のお立場が悪くなりませぬか。千田卿は、そこを案じておられ、御公儀の方に何も申されなかったのです」

「千田卿が？」

「あのお方は、少々意地の悪いところがございますが、朝廷を第一に思うておられますから」

「分かった。気をつけよう」

信平はそう言うと笑みを浮かべて立ち上がり、使者たちを訪ねて回ることにした。

三

伝奏屋敷に勅使と共に入っていた中氏忠平《なかうじただひら》は、信平と藤原から、畠広のことを聞かれて、額に汗をにじませていた。

中氏は、此度の宴で武舞を披露する人物で、皇別氏族《こうべつしぞく》屈指の古族である多氏《おおうじ》の末裔《まつえい》に名を連ねる家柄である。

当代の忠平は華麗な武舞を見せる、と、宮中では名を知られた人物であり、伏見宮が御台所のためによこしていた。

中氏が額に汗をにじませたのは、畠広忠成に武舞を教えたのが、自分だったからだ。

一般の弟子を取ることは禁じられているが、中氏忠平は、畠広に己の舞の技術を教えた。それは、名前にある忠の一文字がすべてを語っていて、畠広は、中氏の落胤《らくいん》なのだ。

それゆえ、中氏は焦った。

「あなた様は、忠成に舞を教えた人物。よもや、連れて来ておりますまいな」

藤原に問われて、中氏は首を横に振った。

「来ておらぬ」

中氏の額の汗を見て、藤原は、部屋を見回した。

「もし現れましたら、わたくしに知らせていただきとうございます。よろしいですか、もし万が一、忠成が御台所様のお命を奪うようなことがあれば、宮様のお立場がどうなるか、お分かりでしょう」

「大恩ある宮様を悲しませるようなことを、忠成がするとは思えぬが……」

「くれぐれも、頼みます」

信平が言うと、

「分かりました。現れて妙な動きをするようでしたら、お教えします」

中氏は両手をついて、頭を下げた。

信平は、他の公家も訪ねた。

このたび招かれた四名全員を訪ね終えたのは翌日だが、信平は、中氏の態度が気になっていた。

念のため、お初を伝奏屋敷に忍ばせていたのだが、信平の屋敷に戻ったお初は、怪しい動きはないと言う。

信平はふたたび伝奏屋敷を訪ね、怪しい者の出入りがないことを、藤原に教えた。

「いったい、どこにいるのでしょうか」

藤原は、苛立ちを露わにした。御台所を助けたいという気持ちと、友に馬鹿な真似をさせたくない気持ちが重なり、焦っているのだ。

将軍の宴は二日後。

「やはり、宴を取りやめていただくほうがよいかもしれぬ」

信平が言うと、

「わたくしも、その意見に賛同いたします」

藤原が、御台所の命が大事だと声をあげた。

だが、千田は反対した。

「此度の宴は、将軍家と朝廷の成婚の祝いも兼ねているのだ。その祝いの席で、宮様の家来が命を狙っていると御公儀が知れば、宮様が将軍家を嫌《きろ》うておると、あらぬ疑いをかけられまいか。下人の仕業と申しても、御公儀は納得すまい」

「しかし――」

千田は、藤原の口を制し、信平に顔を向けた。

「信平さん、なんとか、うまい手を考えていただけませぬか」

千田は馴《な》れ馴《な》れしい口調で、同じ公家として、などと付け加えて、信平を頼った。かといって、阿部豊後守に言上して大がかりな探索をすれば、諸大名たちを巻き込む大騒動になる。

事前に見つけ出すのが難しいとなれば、宴の席で御台所を守るしか手がない。

伝奏屋敷を辞した信平は、阿部豊後守の屋敷を訪れ、当日の警固を厳重にしてもらうよう頼んだ。

応じた阿部豊後守は、渋い顔で告げる。

「お初から、大まかなことは聞いておる」

「はは」

「信平殿には珍しく、足取りをつかめぬか」

「京からまいられている方々を訪ねても、影さえ見えてきませぬ」

「さようか」阿部豊後守は、腕組みをして考える顔をした。「まことに、不埒者は江戸にくだっておるのだろうか。藤原某が、大げさに申しているだけではあるまいな」

「畠広の口から聞いたと申しておりましたし、宴を取りやめるのに賛同しておりました」

阿部豊後守は、問う顔を向けた。

「取りやめじゃと?」

「わたしが豊後守様にお願いすると申したものですから」

「ずいぶん、弱気ではないか」

「このたびのこと、どうも、解せませぬ」

「うむ?」

「はっきりとは申せませぬが、何か、胸に引っかかるのです」

「何か、裏がありそうか」

信平は、はっきりそうだとは言えなかった。

「影さえも見えておりませぬゆえ、刺客がどこから現れるか分かりませぬ」

「あい分かった。吹上の警固を厳にいたし、御台所様のおそばには、お初を忍ばせるといたそう。そなたは引き続き、探索を頼む」

「かしこまりました」

「上様は、宴をたいそう楽しみにしておられる。御台所様も、同じだそうだ。若いお二人のためにも、必ず成功させねばならぬぞ」

「死力を尽くします」

阿部豊後守の屋敷を辞した信平は、もう一度、伝奏屋敷を訪ねた。

接待役を務める大出大和守も来ており、自ら信平を出迎えてくれた。

接待役の重責を担う立場ゆえか、不穏な噂のことをずいぶん心配しており、御老中から話は聞いている、と言い、探索に来た信平に手を貸すと申し出た。

「この中に、不埒者がおるのですか」

「それを確かめにまいったのです。大出殿、こちらにご逗留《とうりゅう》の方々が連れてらっしゃる供の者の素性を、把握《はあく》しておられますか」

「むろんにございます」

「では、出入りの商人はいかがか」

「噂を聞いた日から、抜かりはございませぬ」

「それを聞いて安心しました」

信平がそう言った時、雅楽の音色が聞こえはじめた。

「お懐かしいのではございませぬか。いかがです、覗いて行かれますか」

宴に向けて稽古をしていると教えた大出が、気をきかせて誘った。

素直に受けた信平は、稽古をしている庭が見える廊下に歩み出ると、遠くからではあるが、様子をうかがえた。

怪奇な仮面を着け、鉾《ほこ》を持った舞手が、勇壮な武舞の稽古をしていた。

信平が問う。

「舞われているのは、中氏殿ですか」

「はい。中氏殿は名門だけのことはございます。それがしは田舎大名ゆえ、あのように見事な舞を、初めて見させていただきました」

「麿も、中氏殿の舞は初めて拝見します」

信平は、優雅に振るわれる鉾の動きと、床を踏み鳴らす足の運びに注目していた。

「ささ、お近くでどうぞ」

大出に促されて、舞台の正面に向かった。

武舞は佳境《かきょう》に入り、楽器の音色にも熱が籠もってきた。舞手が振るう鉾も鋭さを増すと、見物をしていた勅使とその従者たちの中からどよめきが起きた。

「いやぁ、お見事にござる」

大出が喜び、舞が終わると同時に労《ねぎら》いの声をあげたものだから、見物人たちから苦笑を浴びせられた。

舞手が信平の前に座り、仮面を外して頭を下げた。

「中氏殿、良いものを見せていただきました」

「はは」

「ところで中氏殿、ひとつ気になることがあるのですが」中氏が顔を上げるのを待って、信平は訊いた。「武舞を、祝いの宴で披露なさるのですか」

「さようでございますが、何か、不都合でも」

「いや、実は雅楽に疎《うと》いものですから、ずいぶん勇壮な舞を選ばれたものだと、思いまして」

中氏は白い歯を見せて笑った。

「宮様がお好みの舞でございますので、御台所様が幼い頃より、屋敷で舞わせていただいておりました。御覧になられますれば、懐かしく思われるのではないかと存じます」

「なるほど」

「これを披露しますのは、娘を想う宮様のご希望でもあるのです」

「そうでしたか。これは、いらぬことを申しました」

信平は頭を下げて詫びると、雅楽の奏者たちの顔を順に見た。そして、中氏に向いて問う。

「当日は、他の方も舞われるのですか」

「はい。三名ほどおります」

「その方々を、これへ」

信平が望むと、顔を青ざめさせた小者が頭を下げ、呼びに走った。

程なく、舞台に三人の男たちが上がり、信平の前に歩み出ると、頭を下げた。

千田と共にいた藤原が、歩み寄った。

「信平様、この中に、畠広はおりませぬ」

「うむ」

信平は舞台に下り、舞手たち一人一人に、声をかけた。

「何か、困っていることはござらぬか」

そう訊くと、三人は、そのようなことをなぜ訊かれるのか分からないらしく、不思議そうな顔をした。

「何も、ございませぬ」

声を揃える舞手たちの顔色を探った信平は、

「あい分かった」

そう言うと、続いて、中氏に顔を向けた。

中氏は、先日とは違い、落ち着いた顔つきをしている。

「邪魔をいたしました。では」

信平は背を返し、伝奏屋敷から出た。

「このままでは、宴に間に合いませぬぞ」

善衛門が焦ったが、信平は、阿部豊後守に会いに行くと言い、西ノ丸に足を向けた。

追ってきた善衛門が言う。

「殿、聞いておられますのか」

「つついても出てこぬ者は、待つしかあるまい」

呑気な答えに、善衛門が愕然として立ち止まった。

信平は、武舞を手で真似ながら、夕暮れ時の大名小路《だいみょうこうじ》を歩んだ。

四

畠広を見つけられぬまま、宴の日がやってきた。

信平は、諸大名より一足先に吹上に入り、定められた場所に腰を据えた。

この宴のために舞台が作られ、それを囲むように、桟敷席《さじきせき》が設けられている。

将軍と御台所が座る場所には屋根が設けられ、舞台を挟んだ正面に満開の桜が見えるように工夫されている。

信平の座は将軍の左手側で、舞台にも近い場所だった。これは、信平が阿部豊後守に頼んで許された場所である。

御三家など、将軍家に近い縁者は、将軍と並ぶ桟敷であるが、信平が御台所に近い場所にいるので、

「やはり、公家よのう」

尾張《おわり》侯と水戸《みと》侯が陰口をたたき、紀州頼宣に睨まれた。信平の並びには、千田卿など、朝廷の者が座っているのだ。

頼宣は、世話役の者を捕まえ、どうなっているのかと問いただした。

「少将殿の、たっての願いでございます」

世話役はそう言うと、そそくさと立ち去った。

御台所に起きようとしていることを知らぬ頼宣は、
そこで何をしておるのだ――

という顔で、公家と共に座している信平を睨んだ。

「殿、殿」

後ろに控える善衛門に袖を引っ張られた信平が顔を向けると、耳打ちされた。

「紀州様が、睨まれておりますぞ。この場所は、やはりまずいのではないですか。本来であれば、紀州様のおそばにいるべきなのですから」

信平が目を向けると、頼宣が閉じた扇の柄《え》を向け、振り下ろして膝を打った。怒鳴りつけたいのをぐっと我慢して、怒りを露わにしているのだ。

傍から見れば、狩衣を着けているのだから、千田たちと同じ朝廷の人間に見える。御台所を守ることしか頭になかった信平は、今になってようやく気付いたのだが、

「時、遅し」

善衛門にぼそりと言い、頼宣に頭を下げた。

頼宣は、不機嫌そうに目をそらした。

「殿、それがしが、事情を伝えてまいりまする」

小声で言う善衛門に対し、信平は扇で口を隠し、声を潜めた。

「よい。ここで申せば、舅殿は騒がれるに決まっておる」

「それはそうですが」

「あとで、頭を下げにまいる」

「何か、問題ですかな」

千田が口を挟んできたので、信平と善衛門は話をやめた。

千田は唇に笑みを浮かべて、探るような目を向けていたが、顔を寄せてきた。

「信平さん。とうとうはじまりますが、どうするおつもりか」

「不埒者が現れぬのを、祈るのみでございます」

「はっ！　そのような悠長なことでよいのか」

千田が声を大にしたため、近くにいた小姓が、静かにしろと言わんばかりに咳ばらいをした。

千田はその者を一瞥し、声を潜めた。

「何かあったら、信平さん、あんた、ただではすみませぬぞ」

案じて言う千田に、信平はうなずいたのみで何も言わなかった。

千田の後ろに控えている藤原が、抜かりのない目を周囲に配り、警戒している。

程なく、将軍お出ましの声がかかり、御殿が建築中の本丸を背にして張られた幔幕《まんまく》のあいだから小姓が現れ、白い羽織に黒の袴を着けた家綱が姿を見せた。

宴に参加している者たちは、平伏して迎える。

家綱に続き、赤い生地に雅《みやび》な刺繍《ししゅう》を施された打掛《うちかけ》が似合う御台所が現れ、その後ろには、青い矢絣《やがすり》の着物を着たお初が、侍女に扮《ふん》して付いている。

将軍と御台所が上座に着くと、大奥の重役たちが御台所の背後に陣取り、お初は、離れた場所に追いやられた。

「皆の者、面を上げよ」

家綱が声をかけると、衣擦れの音をさせて、一同が頭を上げた。

家綱は満足そうな顔で皆を見回し、宴の開催を喜ぶ言葉をかけた。

「今日は、京の方々も参加していただき、御台も喜んでいる。朝廷と徳川の縁《えにし》を深めることで、天下万民の泰平が約束される。この宴は、余と御台と、ここにいる皆の者との縁を深めるものじゃ。大いに楽しむがよい」

「ははぁ」

一同が頭を下げ、宴がはじまった。

隣同士で酒を酌み交わすに連れて宴の場はにぎやかになり、折を見て、催し物がはじまった。

まずは将軍家から能が披露され、宴たけなわになった頃に、朝廷からの祝いとして、雅楽が披露される番となった。

狩衣姿の十数名の奏者が現れ、将軍に頭を下げて座り、静粛を待ってから、演奏をはじめた。

最初に奏《かな》でられたのは、祝いごとに相応しい越《え》天楽《てんらく》だった。

龍笛《りゅうてき》、鉦鼓《しょうこ》、楽太鼓《がくだいこ》からはじまり、笙《しょう》、篳篥《ひちりき》、楽琵琶《がくびわ》、琴《こと》が加わると、演奏は盛り上がってゆく。

演奏が終わった時、善衛門が感動に目を潤ませて告げた。

「いやぁ、頭が痺《しび》れますな。御台所様は、京を思い出しておられましょう」

信平は、御台所に目を向けた。

将軍の隣に座る御台所は、目を閉じて、淋《さみ》しさを堪えているように思えた。

それを気遣い、家綱が声をかけると、御台所は明るい笑みを浮かべた。

その様子を朝廷の者たちも見ており、仲睦まじい二人に安堵の表情を浮かべている。

奏者たちが再び演奏をはじめると、四人の舞手が舞台に現れた。

平舞《ひらまい》といわれる、仮面を着けず、武器を持たぬ穏やかな舞が披露されると、御台所は、楽しそうな顔で見入っていた。

この時、信平のそばに小姓が歩み寄り、小さく折られた紙を渡した。

それは、阿部豊後守からの文だった。

目を通した信平は、頼んでいたことの答えを得られて、阿部豊後守を捜した。

遅れて来た阿部豊後守が、桟敷へ着くところだった。そして、上座では、同じく遅れて来た大奥の女人が、御台所のそばに座り、信平に顔を向けると、小さく頭を下げた。女人は、御台所の乳母《うば》なのだ。

目礼を向けた信平は、顔を舞台に戻した。そして、小さな嘆息を吐いた。

千田が顔を近づけてきた。

「信平さん。次が、中氏殿の舞じゃ」

信平が応じると、

「どうやら、宴は無事に終わりそうじゃ」

千田がつまらなそうに言い、あくびを扇で隠した。

武舞の演奏がはじまり、怪奇な仮面を着け、鉾を持った舞手が舞台に出てきた。

平舞の優雅な動きとは違い、荒々しく、激しい舞に合わせて、演奏も速い。

舞台一杯に動き回るのは、中氏が作った独特の舞であり、舞楽といえども、古《いにしえ》のものとは違う。

武門に生きる諸大名には喜ばれ、舞手が鉾を振るい、足を打ち鳴らすと、どよめきが起きた。

舞は次第に激しさを増し、鉾を振るい、将軍がいる上座に向かって打ち下ろすと、そのまま鉾を置き、舞台に身を伏せた。

雅楽の演奏はまだ続いている。

ゆるやかな笙の音色の中で、篳篥と龍笛が速さを増し、楽太鼓が打ち鳴らされ演奏が止まった刹那、舞手が、腰の太刀をぎらりと抜いた。

立ち上がり、上座に向かおうとした舞手の前を遮《さえぎ》ったのは、桟敷から飛び出した信平だった。

一同の者が、何ごとかと尻を浮かせた。

信平は両手を大きく広げて立ちはだかり、仮面を着けた舞手を舞台の中央に押し返す。

広げた信平の右手に、舞台に上がった黒子《くろこ》が太刀を差し出した。

信平が狐丸の柄をにぎると、黒子が鞘を引き、抜刀した。

「一手《ひとて》、舞いまする」

信平が言うや、雅楽の奏者が演奏をはじめた。

仮面を着けた舞手は、邪魔をする信平を斬り抜けんとして、太刀を振るってきた。

信平は狐丸で受け流す。

その隙に御台所に向かおうとする舞手の腕をつかみ、くるりと回って場所を入れ替わると、狐丸を振るって押し返した。

「おのれ」

舞手が、仮面の下で呻くように吐き捨て、斬りかかってきた。

信平はその一撃をかわすと、手刀で首の後ろを打った。

うっ、と呻いた舞手が棒立ちになり、気絶して仰向けに倒れた。

「おお」

諸大名からどよめきが起き、演奏が止まった。

千田が桟敷で立ち上がり、閉じた扇を向ける。

「信平さん、あんた、何をしてるのや！」

舞を台無しにしたと咎められた信平は、狐丸を背中に回すと、将軍に片膝をついた。

「我が鳳凰の舞を披露いたしました。未熟者ゆえ見苦しいところをお見せいたし、深くお詫び申し上げます」

そう述べた時には、黒子が気絶した舞手を軽々と担ぎ上げ、舞台から下がった。

家綱と御台所は、顔を見合わせて、驚いている様子だ。

お初が御台所に近づいて声をかけ、乳母と共に連れ出した。

善衛門は何がなんだか分からず、桟敷でおどおどしている。

紀州頼宣は、たわけ者め、と言わんばかりの顔をしかめて、頭を抱えた。

「信平殿、下がられよ」

松平伊豆守が厳しい口調で告げた。

信平は、上座に背を見せぬようにして下がると、幕内に入った。

外では宴が再開され、

「口なおしに」

などという大名が舞台に上がり、能の披露をはじめた。

幕内では、黒子の頭巾《ずきん》を取った佐吉が、御台所に刃を向けようとした舞手の手足を縛り終えたところだった。

「ご苦労」

信平が声をかけると、佐吉が応じて、舞手を仰向けにした。

幕内にいる他の者は、怯《おび》えた表情で見守っている。

信平はその者たちを一瞥すると、舞手の仮面を取った。すると、中氏ではなく別人だった。

「この者が、畠広か」

信平が奏者の一人に訊くと、分からないらしく、首を横に振った。

どうやら、舞台に出ていた奏者たちは、入れ替わっていたのを知らなかったようだ。

信平は、幕内に置かれている長持《ながもち》に顔を向けた。積み上げられた長持のあいだに、狩衣の袖が揺れている。

「出てこられよ、中氏殿」

鋭い目を向けて言うと、青白い顔が覗き、膝行して出てくると、畳に両手をついて額を擦り付けた。

信平は、頭の上で手を合わせた中氏に問う。

「この者は、畠広か」

「はい」

「弟子の想いを遂げさせるために、手を貸したのか」

信平の問いに、中氏は目を見開いた青い顔を上げて、首を横に振った。

「ち、違います」

「嘘を申すな」

佐吉が胸ぐらをつかみ、片手で持ち上げると、畠広のところに投げ下ろした。

喉を押さえて苦しむ中氏の前に、佐吉が仁王立ちする。

巨漢に恐れおののいた中氏は、両手を広げて懇願した。

「お、お待ちを、お待ちを」

「佐吉」

信平は、佐吉を下がらせると、阿部豊後守から渡された文を中氏に見せた。

「御台所様がお好みになられる舞は、武舞ではなく平舞であると、乳母殿が教えてくれたのだ。武舞を好まれると嘘をつき、大それた真似をしようとしたのは、御台所様を想う畠広が、大奥からお救いするなどと申して命を奪おうとしたからであろう」

「そ、そのようなことは、決して。息子は、脅されていたのでございます」

「息子？」

「この者は、わたくしの息子でございます。外に作った子で不遇の身ではございますが、腹違いの妹を助けるために、このような真似を」

信平と佐吉は、顔を見合わせた。

「御台所様のお命を奪おうとしたのは、他に理由があると申すか」

信平が訊くと、中氏はごくりと喉を鳴らし、うなずいた。

「お、脅されているのです。このままでは、娘が殺されてしまう」

「どういうことじゃ」

「お願いでございます。娘をお助けください」

たくらみが阻《はば》まれて動転している中氏は、まともに話せなくなっている。

信平は畠広に気を入れて目をさまさせると、事情を聞いた。

「そういうことであったか」

卑劣な振る舞いをする者に怒りを覚えた信平は、狐丸をにぎると幕内から出て不埒者を捜したのだが、すでに姿はなかった。

五

翌日、塗り笠を着け、旅装束に身を包んだ藤原伊竹が、渡っていた芝口橋の天辺《てっぺん》で足を止めた。

南の袂に、鶯《うぐいす》色《いろ》の狩衣をつけた信平がいたからだ。

朝日を浴びている信平の腰で、狐丸の装飾が金色に光った。

信平が橋を登りはじめたのを見て、塗り笠を取った藤原は、唇に笑みを浮かべて頭を下げた。

信平は、ゆっくりと歩みを進めながら言う。

「勅使殿たちが発《た》つのは明日と聞いているが、一人でどこへゆく」

「はい。一足先に京へ戻り、宴が無事に終わったことを宮様にお伝えするのです」

「嘘を申すのは、いいかげんにやめたらどうだ」

「嘘？　なんのことでございましょう」

「中氏殿と畠広殿にすべて聞いた。御台所様の命を狙うていたのは、そのほうであろう」

藤原は困ったような笑みを浮かべた。

「何を申されます。わたしは、畠広から御台所様のお命をお守りするよう宮様に命じられて、江戸にくだったのですぞ」

「では訊く。麿が伝奏屋敷を訪ねた際、舞手の者たちを舞台に集めさせたのを覚えているな」

「はい」

「その時、舞手を呼びに走った小者が、畠広殿であった。そのほうはそれを見ておきながら、ここに畠広殿はいないと申したのはなぜじゃ」

「気付かなかった。ただそれだけのことにございます」

一瞬だけだが、藤原が顔に戸惑いを浮かべた。信平は、それを見逃さなかった。

「では、中氏殿と畠広殿がいる伝奏屋敷に戻り、御老中がおられる前で申し開きをせよ」

「断ると言ったら、どうする」

「力ずくでも、連れてまいる」

「できるか」

　途端に、藤原の目が殺気に満ちた。刀の柄袋を投げ飛ばし、右足を前に滑らせると鯉口《こいぐち》を切った。

　信平は表情を変えずに、抜刀した藤原を見据えている。

　藤原は、正眼の構えから下段に転じた。

「腰の飾り刀を、この和泉守正親《いずみのかみまさちか》でへし折ってくれる。抜け！」

　ぎらりと、刃を横に向けた。

　信平は、凄まじい剣気に一歩引き、狐丸を抜刀した。

　太鼓橋の上側にいる地の利を活《い》かした藤原が、大上段の構えに転じて幹竹《からたけ》割りに打ち下ろしたのは、ほぼ同時だった。

　信平は切っ先をかわし、狐丸を振るって足を狙ったが、藤原は身軽に飛び上がり、着地と同時に身を転じて信平の背中を一閃した。

豪剣である。

藤原の刃風が狩衣を掠《かす》めただけで、ぱっくりと口を開けた。

自信に満ちた笑みを浮かべた藤原が猛然と迫るも、打ち下ろした太刀は空を斬り、狩衣の袖を振るって身を転じた信平に、背を打たれた。

信平は、狐丸で峰打ちにしたのだ。

藤原は痛みに声をあげたが、倒れなかった。

信平が狐丸を下げて言う。

「千田卿は、そのほうが一刀流を遣うと申していたが——」

藤原は、不敵に笑った。そして、和泉守正親をにぎりなおすと、斬りかかってきた。

流派も知れぬ剣術を遣う藤原の太刀筋は鋭く、信平は狐丸で辛《かろ》うじて受け流した。

両者が太刀を振るい、鋼《はがね》と鋼がぶつかる音を発して激しくぶつかり合う。

朝日に刀身が煌《きら》めき、一閃された刀と刀が交差する。

両者が飛び、太刀を振るってすれ違う。藤原は背中の痛みに顔を歪め、信平は、右膝を橋の敷板についた。指貫《さしぬき》が斬られており、敷板に血が滴《したた》り落ちた。

それを見下ろした藤原が言う。

「峰打ちなどと、情けをかけるからじゃ。何ゆえ斬らぬ」

「そのほうを斬れば、中氏殿の娘を助けられぬ」

「そんなことで、命を落とす気か」

「御台所様を想うこころがあるなら、罪なき娘を犠牲にするでない」

「御台所を想うだと」

「御台所様を想うているのは、畠広殿ではなく、そのほうであろう。中氏殿を脅し、御台所様のお命を奪おうとしたではないか」

藤原が、鼻で笑った。

「わたしの嘘をまだ信じているとは、おめでたい奴だ」

「違うと申すか」

藤原は答えなかった。そして、右手を伸ばし、和泉守正親の切っ先を信平に向けた。

「立て。真剣で勝負いたせ」

信平がゆっくり立ち上がると、藤原は、両手で太刀をにぎって脇構えに転じた。そして告げる。

「わたしははなから、御台所に懸想《けそう》などしておらぬ。畠広の妹は、すでに解き放たれておろう。遠慮せず、真剣で勝負しろ。まいる！」

気合をかけて迫り、袈裟斬りに打ち下ろす。

信平は狐丸で受けたが、柄頭で顔を打たれるのと同時に、猛然と身体をぶつけられて飛ばされ、橋の袂まで転げ落ちた。

地べたに横たわった信平は、腹の痛みに呻いて藤原を見る。

藤原はすかさず敷板を蹴り、怪鳥のごとく飛び上がると、

「てぇい！」

裂帛《れっぱく》の気合をかけて、太刀を信平に打ち下ろした。

信平は地べたで身を転じ、打ち下ろされた刃をかわすと立ち上がった。

地に足を着けた藤原が、振り向きざまに太刀を一閃する。

信平は飛びすさってかわし、右手ににぎる狐丸を真横にして両腕を広げた。

藤原は猛然と迫り、一足飛びに鋭く突いてきた。

太刀筋を見切った信平は、狩衣の袖を振るって身体を転じる。

突きをかわされた藤原は、振り向いて太刀を大上段に構えたところで、目を見開き、両膝を地に着けた。背中を斬られたのだ。

激痛に呻いた藤原は、太刀を地面に立てて倒れるのを堪え、信平を睨む。

「道謙《どうけん》殿の、弟子だけのことはある。み、見事」

師を知っていることに、信平は驚いた。

「そのほうは、何者なのだ。何ゆえ、御台所様のお命を狙った」

「京を捨てた貴様には分かるまいが、公家には、徳川に恨みを持った者が大勢いるのだ。豊臣を滅ぼされたことで不遇になった者。徳川秀忠が帝《みかど》に娘を輿入《こしい》れさせたことで不遇になり、長きにわたって苦難に喘《あえ》ぐ者がいるのだ」

「此度のことは、その者らのたくらみと申すか」

信平の問いに、藤原は不敵な笑みで答えた。

「その者たちはいずれ、徳川に弓を引く。江戸にくだったことを、後悔するがいい」

藤原は嬉々《きき》としてそう言うと、己の太刀で首を斬って自害しようとしたが、信平が止めた。

「くっ、離せ」

「悪事をたくらむ公家の名を言うまでは、死なせはせぬ」

信平はその刹那、藤原のそばから飛びすさった。

弓矢が信平の肩を掠めて橋の欄干《らんかん》に突き刺さり、二本目が信平の胸に迫ったが、狐丸で斬り飛ばした。

町家の軒先から二人の曲者が駆け出し、ふたたび矢を放つ。

信平が狐丸で斬り払って前に出ようとした時、目の前に閃光《せんこう》が走った。

狩衣の袖で目をかばい、足を進めた時、橋の袂に馬が駆けて来ると、曲者が藤原の手をつかんで助け上げた。

覆面を着けたその者は、鋭い眼光を信平に向けると、馬の腹を蹴った。

前足を上げて一声高く嘶《いなな》いた馬が、芝口の街道を馳《は》せてゆく。弓を放った曲者がそれに続くのを、足に傷を負った信平は、どうすることもできずにいた。

この時、お初は御台所の警固に付いており、佐吉と善衛門は、伝奏屋敷にいたのだ。

裏で糸を引く者がいようなどとは思ってもいなかった信平は、藤原の愚かな考えを改めさせようと、一人で来たことを後悔した。

「都で、何が起きているのだ」

狐丸を納刀した信平は、曲者が去った街道を見つめていた。


江戸城から呼び出しがきたのは、将軍の宴の日から八日後のことだった。

「上様は、殿に罰を与える気ではございますまいな」

不安の声をあげた善衛門は、宴を騒がし、藤原を取り逃がした信平が咎められるのではないかと案じていただけに、恐れおののいている。

屋敷の外では、六名の使者が待っているのだが、その者たちの目つきは鋭く、

「お一人で登城せよとのお達しにございます」

厳しい態度で告げたのだ。

信平は、心配そうな松姫に微笑み、

「行ってくる」

狐丸を受け取ると、一人で出かけた。

門の外に出ると、六名の者が信平を囲み、城へ向かった。

西ノ丸御殿の書院の間に通された信平の前には、阿部豊後守と松平伊豆守が座しているのみで、公儀の重役たちの姿はなかった。

程なく、上座に将軍が現れたので、信平は平伏して迎えた。

「信平、ちこう」

「はは」

家綱に呼ばれて、信平は中腰になり、二人の老中の手前まで足を運ぶと、座りなお

した。

家綱が告げる。

「信平、豊後と伊豆から話を聞いた。宴では、御台所の命をよう救うてくれた。礼を申すぞ」

「おそれいりまする」

「逃げた曲者は、所司代《しょしだい》が手を尽くして捜しておるゆえ、いずれ見つかろう。足の具合はどうじゃ」

「お気にかけていただき祝着《しゅうちゃく》にございます。たいしたことはございませぬ」

「それは良かった」家綱は安堵し、続ける。「今日呼び出したのはほかでもない。本日をもって、そちに蔵米《くらまい》三千俵を加増する」

思わぬ大きな加増に、信平は驚いて顔を上げた。

「不服か」

阿部豊後守が笑みで言うので、信平は頭を振った。

「過分なる御加増でございます」

「そちのこれまでの働きを思えば、少ないほどじゃ」

家綱がそう言うので、信平は頭を下げた。

「信平」

「はは」

「そちに、京屋敷を許す」

唐突《とうとつ》な将軍の言葉に信平が顔を上げると、小姓が歩み寄り、目録を載せた三方を置いた。

伊豆守が膝を転じて信平に向き、厳しい顔で告げる。

「朝廷より、御所に近い場所に屋敷を持つのを許されている。いずれ、上洛《じょうらく》してもらうことになろう」

信平は神妙に問う。

「藤原が去り際に残した言葉に、関わりがあるのですか」

「貴殿には、朝廷と幕府のあいだを取り持ってほしいと、御台所様がお望みだ」

伊豆守の言葉は、不穏な動きをする公家を監視しろ、という意味だと、信平は解釈した。

信平が阿部豊後守を見ると、

「下命あるまでに、人を揃えておくがよい」

阿部豊後守はそう告げて、懐から書状を取り出した。

「これに、江戸中の道場を記した。役に立ててくれ」

受け取った信平は、家綱に顔を向け、両手をついた。

「お役目、承知つかまつりました」

「今すぐ発てとは言わぬ。所司代が助けを求めた時は、よろしく頼む」

「はは」

信平はこの時より、江戸と京に屋敷を賜る大身旗本に出世したのだが、権力争いの渦に巻き込まれようとは、この時はまだ、知る由《よし》もなかった。

江戸に桜の花びらが舞う、風が強い日のことである。

本書は『将軍の宴　公家武者　松平信平9』（二見時代小説文庫）を大幅に加筆・改題したものです。

|著者| 佐々木裕一　1967年広島県生まれ、広島県在住。2010年に時代小説デビュー。「公家武者　信平」シリーズ、「浪人若さま新見左近」シリーズのほか、「若返り同心　如月源十郎」シリーズ、「身代わり若殿」シリーズ、「若旦那隠密」シリーズなど、痛快かつ人情味あふれるエンタテインメント時代小説を次々に発表している時代作家。本作は公家出身の侍・松平信平が主人公の大人気シリーズ、その始まりの物語、第9弾。

将軍《しようぐん》の宴《うたげ》　公《く》家《げ》武《む》者《しや》信平《のぶひら》ことはじめ(九)

佐《さ》々《さ》木《き》裕一《ゆういち》

2022年6月15日第1刷発行

発行者——鈴木章一
発行所——株式会社　講談社
東京都文京区音羽2-12-21　〒112-8001
電話　出版（03）5395-3510
　　　販売（03）5395-5817
　　　業務（03）5395-3615

Printed in Japan

講談社文庫
定価はカバーに
表示してあります

KODANSHA

デザイン—菊地信義
本文データ制作—講談社デジタル製作
印刷———株式会社KPSプロダクツ
製本———株式会社国宝社

ISBN978-4-06-528250-2

講談社文庫刊行の辞

二十一世紀の到来を目睫に望みながら、われわれはいま、人類史上かつて例を見ない巨大な転換期をむかえようとしている。

世界も、日本も、激動の予兆に対する期待とおののきを内に蔵して、未知の時代に歩み入ろうとしている。このときにあたり、創業の人野間清治の「ナショナル・エデュケイター」への志を現代に甦らせようと意図して、われわれはここに古今の文芸作品はいうまでもなく、ひろく人文・社会・自然の諸科学から東西の名著を網羅する、新しい綜合文庫の発刊を決意した。

激動の転換期はまた断絶の時代である。われわれは戦後二十五年間の出版文化のありかたへの深い反省をこめて、この断絶の時代にあえて人間的な持続を求めようとする。いたずらに浮薄な商業主義のあだ花を追い求めることなく、長期にわたって良書に生命をあたえようとつとめるところにしか、今後の出版文化の真の繁栄はあり得ないと信じるからである。

同時にわれわれはこの綜合文庫の刊行を通じて、人文・社会・自然の諸科学が、結局人間の学にほかならないことを立証しようと願っている。かつて知識とは、「汝自身を知る」ことにつきていた。現代社会の瑣末な情報の氾濫のなかから、力強い知識の源泉を掘り起し、技術文明のただなかに、生きた人間の姿を復活させること。それこそわれわれの切なる希求である。

われわれは権威に盲従せず、俗流に媚びることなく、渾然一体となって日本の「草の根」をかたちづくる若く新しい世代の人々に、心をこめてこの新しい綜合文庫をおくり届けたい。それは知識の泉であるとともに感受性のふるさとであり、もっとも有機的に組織され、社会に開かれた万人のための大学をめざしている。大方の支援と協力を衷心より切望してやまない。

一九七一年七月

野間省一

講談社文芸文庫

藤澤清造　西村賢太 編・校訂
狼の吐息／愛憎一念
藤澤清造　負の小説集
解説・年譜＝西村賢太

貧苦と怨嗟を戯作精神で彩った作品群から歿後弟子・西村賢太が精選し、校訂を施す。新発見原稿を併せ、不屈を貫いた私小説家の〝負〟の意地の真髄を照射する。

ふＮ1
978-4-06-516677-2

藤澤清造　西村賢太 編
根津権現前より
藤澤清造随筆集
解説＝六角精児　年譜＝西村賢太

「歿後弟子」は、師の人生をなぞるかのようなその死の直前まで諸雑誌にあたり、編集・配列に意を用いていた。時空を超えた「魂の感応」の産物こそが本書である。

ふＮ2
978-4-06-528090-4

講談社文庫　目録

講談社文庫　目録

佐々木裕一　千石の夢〈公家武者信平ことはじめ㈤〉
佐々木裕一　妖《あや》し火〈公家武者信平ことはじめ㈥〉
佐々木裕一　十万石の誘い〈公家武者信平ことはじめ㈦〉
佐藤　究《きわむ》　Q J K J Q
佐藤　究　A n k : 〈a mirroring ape〉
佐藤　究　サージウスの死神
佐野　晶　三田紀房・原作　小説アルキメデスの大戦
澤村伊智　恐怖小説キリカ
戸川猪佐武 原作　さいとう・たかを　歴史劇画 大宰相〈第一巻 吉田茂の闘争〉
戸川猪佐武 原作　さいとう・たかを　歴史劇画 大宰相〈第二巻 鳩山一郎の悲運〉
戸川猪佐武 原作　さいとう・たかを　歴史劇画 大宰相〈第三巻 岸信介の強腕〉
戸川猪佐武 原作　さいとう・たかを　歴史劇画 大宰相〈第四巻 池田勇人と佐藤栄作の激突〉
戸川猪佐武 原作　さいとう・たかを　歴史劇画 大宰相〈第五巻 田中角栄の革命〉
戸川猪佐武 原作　さいとう・たかを　歴史劇画 大宰相〈第六巻 三木武夫の挑戦〉
戸川猪佐武 原作　さいとう・たかを　歴史劇画 大宰相〈第七巻 福田赳夫の復讐〉
戸川猪佐武 原作　さいとう・たかを　歴史劇画 大宰相〈第八巻 大平正芳の決断〉
戸川猪佐武 原作　さいとう・たかを　歴史劇画 大宰相〈第九巻 鈴木善幸の苦悩〉
戸川猪佐武 原作　さいとう・たかを　歴史劇画 大宰相〈第十巻 中曽根康弘の野望〉
佐藤　優　人生の役に立つ聖書の名言

佐藤　優　戦時下の外交官〈ナチス・ドイツの崩壊を目撃した吉野文六〉
佐藤　優　人生のサバイバル力
斉藤詠一　到達不能極
佐々木　実　竹中平蔵　市場と権力「改革」に憑かれた経済学者の肖像
斎藤千輪　神楽坂つきみ茶屋〈禁断の 盃《さかずき》 と絶品江戸レシピ〉
斎藤千輪　神楽坂つきみ茶屋2〈突然のピンチと喜寿の祝い膳〉
斎藤千輪　神楽坂つきみ茶屋3〈想い人に捧げる鍋料理〉
作画…蔡志忠　訳…和田武司　監修…野末陳平　マンガ 孔子の思想
作画…蔡志忠　訳…和田武司　監修…野末陳平　マンガ 老荘の思想
作画…蔡志忠　訳…和田武司　監修…野末陳平　マンガ 孫子・韓非子の思想
司馬遼太郎　新装版 播磨灘物語 全四冊
司馬遼太郎　新装版 箱根の坂 (上)(中)(下)
司馬遼太郎　新装版 アームストロング砲
司馬遼太郎　新装版 歳　月 (上)(下)
司馬遼太郎　新装版 おれは権現
司馬遼太郎　新装版 大　坂　侍
司馬遼太郎　新装版 北斗の人 (上)(下)
司馬遼太郎　新装版 軍　師　二　人
司馬遼太郎　新装版 真説宮本武蔵

司馬遼太郎　新装版 最後の伊賀者
司馬遼太郎　新装版 俄 (上)(下)
司馬遼太郎　新装版 尻啖え孫市 (上)(下)
司馬遼太郎　新装版 王城の護衛者
司馬遼太郎　新装版 妖　怪 (上)(下)
司馬遼太郎　新装版 風の武士 (上)(下)
司馬遼太郎　戦　雲　の　夢〈レジェンド歴史時代小説〉
司馬遼太郎　海音寺潮五郎　新装版 日本歴史を点検する
司馬遼太郎　井上ひさし　新装版 国家・宗教・日本人
司馬遼太郎　陳舜臣　金達寿　新装版 歴史の交差路にて〈日本・中国・朝鮮〉
柴田錬三郎　お江戸日本橋 (上)(下)
柴田錬三郎　貧乏同心御用帳
柴田錬三郎　新装版 岡っ引どぶ〈柴錬捕物帖〉
柴田錬三郎　新装版 顔十郎罷り通る (上)(下)
島田荘司　御手洗潔の挨拶
島田荘司　御手洗潔のダンス
島田荘司　水晶のピラミッド
島田荘司　眩（めまい）暈
島田荘司　ア　ト　ポ　ス

講談社文庫　目録

瀬尾まいこ　幸福な食卓
関原健夫　がん六回　人生全快
瀬川晶司　泣き虫しょったんの奇跡　完全版〈サラリーマンから将棋のプロへ〉
仙川　環《たまき》　幸福の劇薬〈医者探偵・宇賀神晃〉
仙川　環　偽装診療〈医者探偵・宇賀神晃〉
瀬木比呂志　黒い巨塔〈最高裁判所〉
瀬那和章　今日も君は、約束の旅に出る
蘇部健一　六枚のとんかつ
蘇部健一　六とん2
蘇部健一　届かぬ想い
曽根圭介　沈底魚
曽根圭介　藁《わら》にもすがる獣たち
田辺聖子　ひねくれ一茶
田辺聖子　愛の幻滅(上)(下)
田辺聖子　うたかた
田辺聖子　春情蛸の足
田辺聖子　蝶花嬉遊図
田辺聖子　言い寄る
田辺聖子　私的生活

田辺聖子　苺をつぶしながら
田辺聖子　不機嫌な恋人
田辺聖子　女の日時計
谷川俊太郎訳　和田誠絵　マザー・グース　全四冊
立花　隆　中核VS革マル(上)(下)
立花　隆　日本共産党の研究　全三冊
立花　隆　青春漂流
高杉　良　労働貴族
高杉　良　広報室沈黙す(上)(下)
高杉　良　炎の経営者(上)(下)
高杉　良　小説　日本興業銀行　全五冊
高杉　良　社長の器
高杉　良　その人事に異議あり〈女性広報主任のジレンマ〉
高杉　良　人事権！
高杉　良　小説消費者金融〈クレジット社会の罠〉
高杉　良　小説　新巨大証券(上)(下)
高杉　良　局長罷免―小説通産省
高杉　良　首魁《しゅかい》の宴《うたげ》〈政官財腐敗の構図〉
高杉　良　指名解雇

高杉　良　燃ゆるとき
高杉　良　銀行大合併〈短編小説全集(上)〉
高杉　良　エリートの反乱〈短編小説全集(中)〉
高杉　良　金融腐蝕列島(上)(下)
高杉　良　勇気凜々
高杉　良　混沌《こんとん》　新・金融腐蝕列島(上)(下)
高杉　良　乱気流(上)(下)
高杉　良　小説　会社再建
高杉　良　新装版　懲戒解雇
高杉　良　新装版　大逆転！〈小説　三菱・第一銀行合併事件〉
高杉　良　新装版　バンダルの塔
高杉　良　第四権力〈巨大メディアの罪〉
高杉　良　巨大外資銀行
高杉　良　最強の経営者〈アサヒビールを再生させた男〉
高杉　良　リベンジ〈巨大外資銀行〉
高杉　良　新装版　会社蘇生
竹本健治　新装版　匣《はこ》の中の失楽
竹本健治　囲碁殺人事件
竹本健治　将棋殺人事件

講談社文庫　目録

竹本健治　トランプ殺人事件
竹本健治　狂い壁　狂い窓
竹本健治　涙《るい》香《こう》迷《めい》宮《きゅう》
竹本健治　新装版 ウロボロスの偽書（上）（下）
竹本健治　ウロボロスの基礎論（上）（下）
竹本健治　ウロボロスの純正音律（上）（下）
高橋源一郎　日本文学盛衰史
高橋克彦　写楽殺人事件
高橋克彦　総　門　谷
高橋克彦　炎《ほむら》立つ　壱　北の埋み火
高橋克彦　炎立つ　弐　燃える北天
高橋克彦　炎立つ　参　空への炎
高橋克彦　炎立つ　四　冥き稲妻
高橋克彦　炎立つ　伍　光彩楽土
高橋克彦　炎立つ〈全五巻〉
高橋克彦　火　怨〈北の燿星アテルイ〉（上）（下）
高橋克彦　水　壁〈アテルイを継ぐ男〉
高橋克彦　天を衝く（1）～（3）
高橋克彦　風の陣　一　立志篇
高橋克彦　風の陣　二　大望篇

高橋克彦　風の陣　三　天命篇
高橋克彦　風の陣　四　風雲篇
高橋克彦　風の陣　五　裂心篇
高樹のぶ子　オライオン飛行
田中芳樹　創竜伝1〈超能力四兄弟《ドラゴン》〉
田中芳樹　創竜伝2〈摩天楼の四兄弟《ドラゴン》〉
田中芳樹　創竜伝3〈逆襲の四兄弟《ドラゴン》〉
田中芳樹　創竜伝4〈四兄弟《ドラゴン》脱出行〉
田中芳樹　創竜伝5〈蜃気楼都市《ミラージュ・シティ》〉
田中芳樹　創竜伝6〈染血の夢《ブラッディ・ドリーム》〉
田中芳樹　創竜伝7〈黄土のドラゴン〉
田中芳樹　創竜伝8〈仙境のドラゴン〉
田中芳樹　創竜伝9〈妖世紀のドラゴン〉
田中芳樹　創竜伝10〈大英帝国最後の日〉
田中芳樹　創竜伝11〈銀月王伝奇〉
田中芳樹　創竜伝12〈竜王風雲録〉
田中芳樹　創竜伝13〈噴火列島〉
田中芳樹　魔　天　楼〈薬師寺涼子の怪奇事件簿〉
田中芳樹　東京ナイトメア〈薬師寺涼子の怪奇事件簿〉

田中芳樹　巴里《パリ》・妖都変〈薬師寺涼子の怪奇事件簿〉
田中芳樹　クレオパトラの葬送〈薬師寺涼子の怪奇事件簿〉
田中芳樹　黒蜘蛛島《ブラックスパイダー・アイランド》〈薬師寺涼子の怪奇事件簿〉
田中芳樹　夜　光　曲〈薬師寺涼子の怪奇事件簿〉
田中芳樹　魔境の女王陛下〈薬師寺涼子の怪奇事件簿〉
田中芳樹　海から何かがやってくる〈薬師寺涼子の怪奇事件簿〉
田中芳樹　タイタニア1〈疾風篇〉
田中芳樹　タイタニア2〈暴風篇〉
田中芳樹　タイタニア3〈旋風篇〉
田中芳樹　タイタニア4〈烈風篇〉
田中芳樹　タイタニア5〈凄風篇〉
田中芳樹　ラインの虜囚
田中芳樹　新・水滸後伝（上）（下）
田中芳樹／幸田露伴 原作　運　命〈二人の皇帝〉
田中芳樹／土屋　守　「イギリス病」のすすめ
田中芳樹ほ《ほ》か《か》文／皇名月 画・文　中国帝王図
田中芳樹／赤城　毅　中欧怪奇紀行
田中芳樹 編訳　岳　飛　伝（一）〈青雲篇〉
田中芳樹 編訳　岳　飛　伝（二）〈烽火篇〉